中国古代名著全本译注丛书

板桥杂记

译注

[清] 余 怀　著

苗怀明　译注

图书在版编目(CIP)数据

板桥杂记译注／(清)余怀著；苗怀明译注.
上海：上海古籍出版社,2025.5.--(中国古代名著全
本译注丛书).-- ISBN 978-7-5732-1627-4

Ⅰ.K264.9

中国国家版本馆 CIP 数据核字第 2025YH5824 号

中国古代名著全本译注丛书

板桥杂记译注

［清］余 怀 著

苗怀明 译注

上海古籍出版社出版发行

(上海市闵行区号景路 159 弄 1-5 号 A 座 5F　邮政编码 201101)

(1) 网址：www.guji.com.cn

(2) E-mail：guji1@guji.com.cn

(3) 易文网网址：www.ewen.co

江阴市机关印刷服务有限公司印刷

开本 890×1240　1/32　印张 6　插页 5　字数 115,000
2025 年 5 月第 1 版　2025 年 5 月第 1 次印刷
印数：1—2,100

ISBN 978-7-5732-1627-4

Ⅰ·3927　定价：35.00 元

如有质量问题,请与承印公司联系

前　言

一

　　余怀（1616—1696），字澹心，又字无怀、广霞，号曼翁、寒铁道人、无怀道人、鬘持老人等。尽管一生写有不少著述，如《甲申集》《枫江酒船诗》《五湖游稿》《玉琴斋词》《三吴游览志》《东山谈苑》《余子说史》《砚林》等，在当时江南的文坛上也颇有些名声，受到吴伟业、王士禛、尤侗等人的赏识，与杜濬、白梦鼎齐名，被誉为"余杜白"（陈康祺《郎潜纪闻初笔》卷三）。不过如果没有这部《板桥杂记》的话，余怀在中国文学史上的光彩一定会暗淡许多。

　　从余怀的生平经历来看，并没有多少值得记述的大事。他虽然出生在福建莆田，但从小就跟随父母迁居南京，晚年移居苏州，足迹遍及扬州、杭州、绍兴、松江等地，对江南各地山川风物、乡风民俗的熟悉程度远远超过家乡，他本人也常自称江宁余怀、白下余怀，可见其情感所系。他虽然有匡世之志，游学南雍，参加科举考试，但没有获得任何功名，只是做过一段时间的幕府，终其一生都是一介布衣的身份。他虽然自命风流，混迹于旧院名妓间，但并没有多少可以挥霍的钱财，晚年卖文为生，生活拮据，甚至连《板桥杂记》的刊刻都要请托他人。如果没有崇祯十七年（1644）的甲申之变，他的人生道路几乎没有悬念，不过是一个沉醉于六朝烟粉的风流文人。

　　崇祯十七年三月十九日，李自成率军攻入北京，崇祯皇帝自缢身亡，但这场巨变的最终受益者却不是李自成，而是满清。这个来自白山黑水间的彪悍政权乘机冲出山海关，马踏江南，只用了一两年的时间就以残暴、血腥的方式完成了王朝的更替。伴随着改朝换代的是千千万万士人及其家族命运的改变，由此也催生了一个效忠于旧朝的庞大遗民群体。余怀正是这个群体的一员。这一年，他二十九岁。王朝更迭首先改变的是他本人的生活，其家产在战乱中被洗劫一空，妻子也因受到惊吓而死，身边不少亲友或为国殉难，或惨遭屠杀。快乐、安逸的生活如风而逝，一位倜傥潇洒的风流文人转眼间流离失所，不名一文，"破产丧家，流离他郡"（余怀《冒巢民先生七十寿序》）。"国破家亡"这个词对余怀来说，已不再是史书上冰冷的记载，而是一段刻骨铭心的亲身体验，其内心的悲愤和无奈之情是可以想见的。

如此惨痛的人生经历也就决定了余怀后来思想情感的取向，他留恋昔日诗酒风流的快乐生活，不可能认同乃至归顺这个新的政权。他年轻时曾多次参加复社的雅集，"与诸名士历东汉之气节，挽六朝之才藻。操持清议，矫激抗俗"（余怀《冒巢民先生七十寿序》），对人格操守与民族气节极为看重。甲申之变后，他秘密参加了反清复明的抗争活动，但过了没有多久就发现大势已去，事不可为，只得漂泊各地，寄情山水，通过文学创作这种形式坚守和抗争，抒发亡国之痛、丧家之悲。他虽然只是一介布衣，并没有从前朝获得功名和利益，却在关键时刻，表现出高尚的人格和可贵的气节。

以崇祯十七年甲申之变为界，可以将余怀的人生历程与文学创作分为前后两个阶段。在前一个阶段，余怀流连旧院，贪恋风月，所写多为与秦淮歌妓来往的绮丽文字，尽管文学成就不是很高，但对了解明末江南文化具有重要的史料价值。可惜余怀晚年思想转变，悔其少作，舍弃了这些作品，"甲申以前诗文尽皆焚弃，中有赠答名妓篇语甚多"（《板桥杂记·后跋》），后人因此难以寓目。今天所能看到的诗文、杂记等著述，基本写于后一个阶段。在这一阶段，经历过沧桑巨变，看惯了人情冷暖，无论是吟咏山水，还是赠别文字，都带有浓重的身世之感，他坚守气节，怀念前朝，追思故人，创作始终围绕着今昔之比、兴亡之叹这个主题进行。余怀的作品在当时颇受赞誉，吴伟业以"后生领袖"期许："问后生、领袖复谁人，如卿者？"（《满江红·赠南中余澹心》）王士祺则将其与唐代的刘禹锡相提并论："常赋《金陵怀古诗》，不减刘宾客。"（《渔洋诗话》）这无疑都是很高的评价。

余怀才华过人，学识渊博，平生著述甚多，他本人曾乐观地介绍，这些著述当时"虽未雕板问世，而友人借抄，几遍东南诸郡，直可傲子云而睨君山矣"（余怀《〈幽梦影〉题词》）。但令人遗憾的是，今天所能看到的文字只是他平生著述的一小部分，还有不少著作如《古今诗品略》《说诗》《党鉴》等皆已佚失无传，这与其著述中多有违碍文字有关，也与其晚年生活困顿、无力刊刻有关，否则余怀留在后人心目中文学家和学者的印象将会更为鲜明，也更为深刻。

尽管不少诗文写得情真意切，获得了极高的评价，但在余怀看来，还不足以准确妥帖地抒发他对人生的感慨和内心的郁闷，写出他对世事沧桑的深切感受，他一直在寻找一种更为恰切的表达方式。幸运的是，人到晚年的时候，他终于找到了这种表达方式，将万千人生感触通过秦淮风月的追忆巧妙地传达出来。毫不夸张地说，《板桥杂记》是凝聚了余怀毕生心血的一部传世之作。该书完成于康熙三十三年（1694），此时的余怀已是七十九岁高龄的老人，离生命的终点仅有两年的时间。

对这部篇幅不大的作品，余怀本人是极为看重的。他担心该书散失，希望能让更多的人读到，书稿完成后，随即去找自己的好友尤侗写序。因无力刊刻，又去找喜欢刻书的张潮帮忙，请其收录自己的这部作品。他的要求一一得到了满足，但遗憾的是，等《板桥杂记》刊出的时候，他已经离开人世，无法看到了。

二

　　既然要写一代之兴衰、千秋之感慨，还是有多种可歌可录的题材内容与表达方式可供选择的，为何偏偏要选取这个看起来有些轻佻、荒谬的狭邪艳冶角度？何况此时的余怀已是风烛残年，早已过了谈论风月的年龄。显然，余怀本人也意识到了这一点，他担心后人误读自己的作品，特意在《板桥杂记》的自序及后跋中交代创作动机，一再强调自己是"有为而作"，并非在炫耀个人的人生经历，更不是茶余饭后的消遣之笔、无病呻吟。这种强调既是讲给自己的，也是说给读者的。如果仅仅沉迷于才子佳人的风流韵事来看这部作品，或者从道德的角度来指责作者，都不是余怀所期待的，他希望后人能从灯红酒绿、歌场欢笑的追述中感悟到文字背后的凄楚与感慨。事实证明，这种担心并非多余，比如《四库全书总目》就从名教角度称其为"风雅之罪人"（卷一四四）。

　　改朝换代的巨大变迁冲击着一代文人的敏感心灵。将《板桥杂记》放在大的时代文化背景下，对其独特的视角与表达方式可以看得更为清晰。可以说，有着类似经历与体验的并不仅仅是余怀一人，以写繁华反衬悲凉的写法也并不仅仅属于余怀一人，这是一种具有时代色彩的情感与表达。比如张岱的《陶庵梦忆》《西湖梦寻》就与《板桥杂记》存在颇多相似之处，张岱与余怀不仅生平经历类似，思想情感相近，而且两人的写法也是基本一致，且不说两人还写到了不少共同的人物与事迹。可以拿来进行比较的还有孔尚任的《桃花扇》和曹雪芹的《红楼梦》。借家族兴衰、离合之情写兴亡之感，这是这一时期作家共同使用的一种创作模式。当然，这种模式并不意味着重复，《红楼梦》没有重复《桃花扇》,《板桥杂记》自然也不会效颦《陶庵梦忆》,它们存在一些共性,但各自的特色还是十分鲜明的,具有不可替代的艺术价值。

抒发兴亡之感、故国之思,不写刀光剑影,没有鼓角争鸣,将目光聚焦于灯红酒绿的秦淮风月,这无疑是一个相当别致也颇为巧妙的角度。看起来所写不过风月场中的红粉娇娃、文人骚客,实则涉及江南文坛及时代风尚的变迁,表面上只是一段风月繁华的记录,在其背后,则是对一个时代、一个王朝痛定思痛之后的追思。

"江南佳丽地,金陵帝王州。"(谢朓《鼓吹曲·入朝曲》)特殊的地理环境和历史机缘形成了意蕴深厚、独具特色的秦淮文化。朱元璋开创大明王朝,定都于此,其后明成祖虽迁都至北京,金陵仍享有首都的地位。这里有明清时期最大的考场——江南贡院,可以容纳上万人,三年一次的乡试使这里成为江南文人的荟萃之地。这里也是名妓辈出的风月场、温柔乡,出入这里的不仅是文坛知名的才子骚客,也有位高权重的达官贵人,成为体现时代变迁的晴雨表。这种独特的地域文化形成于六朝时期,至明末达到鼎盛,成为一个时代繁华兴盛的标志。从这个角度来看,名妓的显隐、旧院的兴废并不仅仅意味着一个城市的变迁,它还代表着一个朝代的更替,何况这座六朝古都自身就是一个极具标志意义的文化意象,屡屡出现在文人才士的名篇佳作中。

余怀撰写《板桥杂记》,所看重的也正是这一点,他在这座古老的都城里生活多年,对这里的风景名胜、乡土人情、遗迹掌故十分了解,有着深厚的感情,并以本地人自居。将秦淮风月放在改朝换代的背景下书写,这可以说是机缘巧合,也可以说是余怀的必然选择,是由其人生经历所决定的。在该书中,他着意去写时代风云的变幻,实际上展现的也是其本人的生活经历。正是这种选择,成就了一部明末清初版的《东京梦华录》《武林旧事》。

书写秦淮风月，主角自然是那些声名远扬的南曲名妓。除顺带提及的前代名妓朱斗儿、徐翩翩、马湘兰、郑如英等，全书重点记述了三十多位明末清初江南名妓的经历。作者"少长承平之世，偶为北里之游"（《板桥杂记·自序》），年轻时风流不羁，出入旧院，与其中多数人有过或疏或密的交往，为其赋诗填词，对她们的情况十分了解，因而他的记述更为感性，也更为准确。总的来看，其笔墨主要集中在如下两个方面：

首先，记录这些名妓的容貌秉性、为人处世，突出她们高贵的品质与美好的心灵。用作者本人的话说就是"或品藻其色艺，或仅记其姓名，亦足以征江左之风流，存六朝之金粉"（《板桥杂记·丽品》）。在作者笔下，这些秦淮名妓个个天生丽质，容姿不凡，或"色丰而姣"，或"眉目如画"，或"庄妍靓雅"，或"姿首清丽"，可谓天生尤物，倾国倾城。她们才艺出众，或工诗文，或擅丹青，或精词曲，同时又各具鲜明的个性，或豪爽，或沉静，或开朗，或内敛，皆有自己独特的个人魅力。从作者的用语中不难看出他对这一女性特殊群体的欣赏、赞美之情。

这些女子因各种原因堕入烟花，以卖笑为生，但大多并不甘于沉沦，受人摆布，而是以各种方式维护自己的尊严和人格。对那些危难当头不畏权势、保持独立人格、具有抗争精神的歌妓如葛嫩、李香、燕顺等，作者尤为赞赏，用较多笔墨来描写她们舍生取义、可歌可泣的传奇事迹。

其次，关注这些名妓的命运和归宿。除尹春、马娇、顾喜等少数不知所终者，书中所记这些女性的命运大多是不幸甚至是相当悲惨的，或死于战乱，如葛嫩、王月；或随主人遭祸丧家而飘零，如卞敏、顿文、朱小大；或过早夭亡，如尹文、董白。总之，红颜薄命，晚景悲凉，像顾媚这样得以善终者并不多。事实上，那些不知所终者也未必有理想的归宿。之所以如此，与这些女性的特殊身份是分不开的。卖笑为生的生存方式决定了她们要依附别人而生存，任人摆布，一旦遇到破家、战乱或其他祸端，她们注定要成为牺牲品，飘散凋零。特别是在血雨腥风的王朝鼎革之际，连那些顾盼自雄、自视不凡的达官贵人、文人才士都无法决定自己的命运，这些弱女子命运之悲惨也就可以想象。

其实，无论是在太平盛世，还是在离乱年代，这些女子都是无法决定自己命运的弱势群体，她们的抗争固然可贵，但作用是极其有限的。作者在交代她们的结局时，笔端的惋惜、无奈之情是分明可以感受到的。该书重点在写亡国之悲、故园之思，但也有为这些女子树碑立传、让其芳名久传的用意在。作者写出了易代的残酷，也写出了女子的不幸、人生的无常，由美人尘土而生出一种具有浓厚伤感色彩的迷茫和虚幻。

围绕在这些美貌女性身边的，是那些寻欢作乐、醉生梦死的文人才士、达官贵人，他们沉迷于温柔乡中，对于即将到来的风暴和危难熟视无睹，直到黑云压城的生死存亡关头，才措手不及地慌乱应对，但一切都已经太迟。作者写出了这些人歌舞升平时期的豪奢之举、风流韵事，更写出了他们在易代之际的尴尬与窘迫。南曲旧院所连接的是一个数量庞大的江南文人士绅群体，他们本是大明王朝的基石和依托，但是在关键时刻，却不堪一击，未能承担起救亡图存的重任。国破家亡之后，再来追述这些当年的风流韵事，沉痛哀婉的背后，也许还有几分惋惜和忏悔。

同是混迹于十里秦淮，各人在猝然梦醒之后的人生抉择和生命归宿却完全不同，作者用意味深长的笔触描绘了一幅江南名士的众生相：有的贵为公侯，地位显赫，却在强敌面前卑躬屈膝，苟且偷生，如保国公朱国弼；有的甚至沦为代人受刑的市井无赖，如那位中山公子徐青君。相比之下，那些身份并不太高乃至没有什么功名的士子如孙临、姜垓等反倒表现出可贵的勇气，或临危不惧，大义凛然，或隐居避世，义不受辱。卑贱与崇高、滑稽与庄严，就这样交织在一起，它们的距离也许就在一念之间，但正是这个一念之间，显露出几十年的人格修行，也分出了人生高下优劣的境界。

不管是舍生取义还是忍辱偷生，不管是达官贵人还是平民百姓，在经历过血雨腥风的改朝换代之后，所有人的命运都发生了改变。太阳每天都在照常升起，但河山易主，物是人非，黑夜过后的臣民已不再是昔日的臣民，一个新的王朝、一个新的时代拉开了序幕，不管是情愿还是不情愿，都被历史的车轮挟带着缓缓前行。作者记述了发生在南曲旧院的风流韵事，描绘了十里秦淮的风俗人情，更展现了这一繁华地段从兴到废的巨变，正所谓"一片欢场，鞠为茂草"，这一切都是在改朝换代的背景下发生的，被作者赋予新的、丰富的内涵。新旧王朝的更迭往往意味着人生舞台的转变，作者刻意渲染这一点，将秦淮旧院战乱前的兴盛与易代后的衰落形成鲜明对比，让人产生今非昔比的沧桑感。作者言语间的那种感伤和悲凉是可以分明感受到的，作品具有浓郁的抒情色彩。

《板桥杂记》一书采取笔记体，分雅游、丽品、轶事三个部分，以丽品为主体，书写秦淮名妓的奇人奇事；雅游重在背景铺陈，介绍南曲旧院的历史变迁；轶事作为补充，追叙在此冶游的清客文人。三个部分各自独立，但又彼此关联，组成一个看似松散、实则缜密的艺术整体。全书点面结合，勾勒出以诗酒风流为特征的秦淮青楼文化的整体风貌，这种结构形式和写法承继《东京梦华录》《武林旧事》而来，又有自己的特点，颇具匠心。

无论是写人还是叙事，作者皆非简单罗列，而是经过精心剪裁，选取那些最能体现人物秉性的精彩片段，娓娓道来。作者根据所掌握的材料，对较为熟悉，有事可记者，如李十娘、葛嫩、李大娘、顾媚、顿文等，浓笔重墨，详细铺叙；对那些了解不多乃至未谋面者，则小马嫩、朱小大、张元、刘元等，则高度凝练，寥寥几笔，即活画出人物的神采。这些秦淮名妓，经作者生花妙笔稍加点染，便跃然纸上，给人印象较为深刻。这一方面得益于作者过人的文学功力，另一方面则是因为他多年混迹于此，对这里的生活极为了解，对那些秦淮名妓充满欣赏和同情。

作者学识渊博，旁征博引，对轶闻掌故、前代诗文，无不信手拈来，而且运用非常巧妙，不着痕迹，为全书增加了文化内涵和厚重感。全书要言不烦，文笔清新流丽，简洁生动，情真意切，一咏三叹，具有很强的感染力和艺术魅力，这也是该书受到欢迎的一个重要因素。该书与同时期张岱的《陶庵梦忆》《西湖梦寻》、冒辟疆的《影梅庵忆语》等代表着清初小品文创作的新趋势与最高成就。需要说明的是，该书所写人物、事件，大多系余怀亲历亲闻，抒发的也是真情实感，虽有描绘渲染，但并非小说家言，而是具有高度的真实性，尽管被藏书家归入子部小说家类，但与今天的虚构体小说有着明显的区别，可以是说一部纪实体笔记。

该书的价值是多方面的，文学层面的阅读欣赏之外，还具有较为重要的史料价值。比如该书多有对秦淮名妓唱曲、清客串戏的记载，对探讨明末清初江南地区戏曲的发展演变及演出流传等情况具有重要的参考价值，一些珍贵的戏曲史料赖该书得以保存。该书立足金陵，着眼秦淮，所记建筑、园林等有的今天仍在，有的还可以寻访遗迹，具有浓郁的地方色彩，要了解明末清初金陵的世俗民情、文人心态、都市文化等，皆可取资该书。

《板桥杂记》一书面世后，产生了较大的社会反响，其借秦淮风月今昔之别、盛衰之比抒发的兴亡之叹、故国情怀引起了不少遗民的强烈共鸣，那些秦淮名妓在易代之际的悲惨命运使他们感同身受，唤起内心深处的痛楚，不少人从中看到了自己，嘘唏不已，由此出现不少唱和题咏之作，桃花扇底送前朝，风月秦淮忆故国，一时成为一种创作时尚。随后陆续出现了一批续书和仿作，如《续板桥杂记》《板桥杂记补》《秦淮画舫录》《白门新柳记》《秦淮广纪》等，逐渐形成了一个颇为特殊的创作模式与作品系列，无论是从文学还是文化的角度，都是值得深入探讨的。

三

最后简要介绍一下本书的整理情况：

《板桥杂记》一书虽然篇幅不大，但版本较多，其中最早的版本为康熙三十六年张潮刊行的《昭代丛书》本，该书在道光年间重刊。稍后是康熙四十四年吴震方刊行的《说铃》本，这个版本也是后世最为流行的版本。其后流传的《板桥杂记》诸版本多是根据这两个版本而来。本书以道光年间所刊《昭代丛书》本为底本，校以吴震方刊《说铃》本、瓣香阁抄本等，并参考了李金堂编校的《余怀全集》（上海古籍出版社 2011 年版）等整理本。

原书除序跋、附录外，仅分"雅游""丽品""轶事"三部，并无序号及标题，现为方便阅读，姑且代为拟出。对书中的人物地名、典章制度、掌故引文以及难解的词语，均作简要的注释，并尽量摘引余怀其他著述中的相关记载以作印证。翻译则以直译为主，兼顾语句的流畅。

本书的译注得到了我的研究生张子玥、张亦洋的帮助。我此前出版过《板桥杂记》的注评本，她们在原书基础上帮我补充、完善注释，并完成翻译初稿。好友孙甲智通读本书初稿，对注释和翻译做了很多补充和完善，保证了书稿的质量。在此向他们表示感谢。本书虽然篇幅不长，但整理起来并不轻松。限于整理者的水平，书中想必还存在不少疏误，恳请读者诸君批评指正。

苗怀明

2024 年 2 月 14 日

目　录

自　序

　　或问余曰："《板桥杂记》何为而作也?"余应之曰："有为而作也[1]。"或者又曰："一代之兴衰，千秋之感慨，其可歌可录者何限，而子唯狭邪之是述[2]，艳冶之是传[3]，不已荒乎[4]?"

【注释】
　　[1] 有为：有缘故。
　　[2] 狭邪：小街曲巷，这里指娼妓居住的地方。
　　[3] 艳冶：艳丽妖冶，形容女子的容貌。
　　[4] 荒：放纵、迷乱。

【译文】
　　有人问我说："《板桥杂记》是为什么而写?"我回答道："是有缘故而写。"他又问我说："一个朝代的兴衰，千秋万岁的感慨，其中可以歌咏记录的事情有无限多，但你只描述娼妓居所，记载妖艳美人，这岂不是很放纵吗?"

　　余乃听然而笑曰[1]："此即一代之兴衰，千秋之感慨所系，而非徒狭邪之是述，艳冶之是传也。金陵古称佳丽地[2]，衣冠文物[3]，盛于江南；文采风流，甲于海内。白下青溪[4]，桃叶团扇[5]，其为艳冶也多矣。洪武初年，建十六楼以处官妓[6]，淡烟、轻粉、重译、来宾，称一时之韵事。自时厥后[7]，或废或存，迄至三百年之久，而古迹寖湮[8]，所存者惟南市、珠市及旧院而已[9]。南市者，卑屑妓所居[10]；珠市间有殊色[11]；若旧院，则南曲名姬、上厅行首皆在焉[12]。余生也晚，不及见南部之烟花、宜春之弟子[13]，而犹幸少长承平之世[14]，偶为北里之游[15]。长板桥边[16]，一吟一咏，顾盼自雄[17]。所作歌诗，传诵诸姬之口，楚、润相看[18]，态、娟互引[19]，余亦自诩为平安杜书记也[20]。鼎革以来[21]，时移物换，十年旧梦，依约扬州[22]；一片欢场，鞠为茂草[23]。红牙碧串[24]，妙舞轻歌，不可得而闻也；洞房绮疏[25]，湘帘绣幕，不可得而见也；名花瑶草[26]，锦瑟犀毗[27]，不可得而赏也。间亦过之，蒿藜满眼[28]，楼馆劫灰，美人尘土。盛衰感慨，岂复有过此者乎！郁志未伸，俄逢丧乱，静思陈事，追念无因。聊记见闻，用编汗简[29]，效《东京梦华》之录[30]，标崔公蚬斗之名[31]。岂徒狭邪之是述，艳冶之是传也哉。"

客跃然而起，曰："如此，则不可以不记。"于是作《板桥杂记》[32]。

【注释】

〔1〕听(yǐn)然：微笑的样子。

〔2〕金陵古称佳丽地：南朝齐谢朓《隋王鼓吹曲·入朝曲》："江南佳丽地，金陵帝王州。"

〔3〕衣冠文物：某地、某时人物事迹与风俗、制度。

〔4〕白下：南京别称。唐武德九年(626)改金陵为白下县，故有此称。　青溪：三国时吴国在建业城东南所凿一条水道。源自今江苏南京钟山西南，经城区入秦淮河，蜿蜒曲折，长十余里，故有九曲青溪之称，

为金陵四十八景之一。现仅存入秦淮河的一段。作者《咏怀古迹·青溪栅》诗序："青溪即今珍珠桥河一带。吴赤乌四年，凿东渠，名青溪。通北堑，以泄玄武湖水。南接秦淮。"

〔5〕桃叶团扇：即《桃叶歌》《答王团扇歌》。《桃叶歌》系王献之为其爱妾桃叶而作，《答王团扇歌》为桃叶所作。

〔6〕十六楼：明初定都后，朱元璋命建楼十六座以招待功臣及四方宾客，内置官妓。楼名分别为来宾、重译、清江、石城、鹤鸣、醉仙、乐民、集贤、讴歌、鼓腹、轻烟、淡粉、梅妍、柳翠、南市、北市，今皆已不存。明谢肇淛《五杂组·地部一》："太祖于金陵建十六楼，以处官妓。"

〔7〕厥后：以后。

〔8〕寖湮：渐渐湮没。

〔9〕南市、珠市及旧院：明末南京妓院集中地区。南市，秦淮河边低等官妓所居之地。珠市，妓女聚集之所。作者后文有介绍："珠市在内桥旁，曲巷逶迤，屋宇湫隘，然其中时有丽人。"旧院，亦为妓女聚集之所。作者后文有介绍："旧院，人称曲中，前门对武定桥，后门在钞库街，妓家鳞次，比屋而居。"

〔10〕卑屑：相貌丑陋，身份卑贱。

〔11〕殊色：相貌出众的女子。

〔12〕南曲名姬、上厅行首：这里泛指名妓。南曲，唐时妓女居住之地。典出唐孙棨《北里志》："平康里入北门东回三曲，即诸妓所居之聚也。妓中有铮铮者，多在南曲、中曲。"后世多以南曲泛指妓院。上厅，官府，后用以代称官妓。行首，妓院中的首领。宋元时期对上等妓女的称呼，后为名妓的泛称。

〔13〕烟花：妓女。　宜春：宜春院，唐长安宫内官妓居住的院名。唐崔令钦《教坊记》："妓女入宜春院，谓之内人，亦曰前头人，常在上前头也。"

〔14〕承平：太平。

〔15〕北里：唐代妓院所在地，在长安平康里，位于城北，故称北里。后泛称娼妓所居之地。

〔16〕长板桥：又名玩月桥，在今南京夫子庙东侧石坝街一带，桥西为妓女居住区，今已不存。

〔17〕顾盼自雄：洋洋自得的样子。

〔18〕楚、润：楚娘、润娘，皆为唐代名妓。这里泛指名妓。

〔19〕态、娟：张态、李娟，亦为唐代名妓。这里泛指名妓。

〔20〕平安杜书记：唐代诗人杜牧曾任淮南节度使牛僧孺之掌书记，故有杜书记之称。典出元辛文房《唐才子传》："牧美容姿，好歌舞，风情颇张，不能自遏。时淮南称繁盛，不减京华，且多名妓绝色，牧恣心赏，牛相收街吏报杜书记平安帖子至盈箧。"

〔21〕鼎革：改朝换代。

〔22〕十年旧梦，依约扬州：语出唐杜牧《遣怀》："十年一觉扬州梦，赢得青楼薄幸名。"

〔23〕鞫（jū）为茂草：杂草丛生，衰败荒芜。鞫，通"鞫"，《诗经·小雅·小弁》："踧踧周道，鞫为茂草。"

〔24〕红牙：红色檀木所制的拍板，用来调节乐曲节拍。 碧串：用以装饰拍板的碧玉串。

〔25〕洞房绮疏：指房间陈设精美。宋胡仔《苕溪渔隐丛话》前集："然不免为胡妇生子，而况洞房绮疏之下乎？"洞房，卧室、闺房。

〔26〕瑶草：珍贵的香草。

〔27〕锦瑟：漆有织锦纹的瑟。 犀毗：漆器的别称。

〔28〕蒿藜：杂草、野草。

〔29〕汗简：古代用来书写文字的竹片，这里泛指著述。

〔30〕《东京梦华》之录：即《东京梦华录》，宋孟元老著。

〔31〕崖公蚬（xiàn）斗：唐时散乐艺人对皇帝的称呼。语出唐崔令钦《教坊记》："诸家散乐，呼天子为'崖公'，以欢喜为'蚬斗'。"

〔32〕作者在自序中以答客问的形式向读者表明心迹，介绍自己的撰写目的：本书虽多为狭邪艳冶的记述，却是有感而发，并非只是为青楼歌女作传，意在一代之兴衰，千秋之感慨，希望读者不要为其中风月繁华所迷惑，要注意妙舞轻歌背后的沧桑与感慨。

【译文】

我听到他这样说，就笑着答道："这就是一个朝代的兴衰、千秋万岁的感慨所关涉的，并不只是在描述娼妓的居所、记载妖艳的美人。金陵自古被称为'佳丽地'，人物事迹与风俗制度在江南尤为繁盛，才华横溢与风度潇洒的人才在天下居首位。在白下青溪这个地方，有《桃叶》《团扇》的歌咏，如此美丽的故事还有很多。洪武初年，皇帝曾修建十六座楼阁安置官妓，其中有淡烟、轻粉、重译、来宾等名楼，被称为一时风雅韵事。自那时以后，这些楼阁有的荒废，有的存留，到了三百年之后，老楼的遗迹渐渐湮没，存留下来的只有南市、珠市和旧院了。南市是相貌丑陋、身份卑贱的妓女所居之地；珠市间或有相貌出众的女子；至于旧院，名妓都聚集在此。我出生得晚，没有见过那些前代名妓，但还庆幸自己少年时生长在太平年代，偶尔游历娼妓所居之地。在长板桥边，吟诵诗歌，洋洋自得。自己创作的歌诗，在歌伎之中口口传诵，她们争相传看征引，我也以杜牧自诩。自改朝换代以来，时代变迁，景物变换，十年旧梦之中，依稀还是扬州；但一片欢愉之场如今已杂草丛生，衰败荒芜。那些红檀的拍板、碧绿的玉串、美妙的舞蹈、清越的歌声再也听不到了；那些陈设精美的房间、雕刻空心纹的窗户、湘妃竹做成的帘子、刺绣精美图案的帐子再也看不到了；那些名贵的鲜花、珍稀的香草、织锦纹的瑟、贵重的漆器再也观赏不到了。我偶尔也会路过那里，但满眼都是杂草，战火毁坏的楼馆化作灰烬，美人归于尘土。对兴盛衰败的感慨，哪里还有超过这个的呢！郁结的意志还没来得及舒展，不久又遭遇时局动乱，我静静思索往事，无来由地追忆怀念。姑且记录见闻，用以编写著述，仿效《东京梦华录》，标注'崖公''蚬斗'的名称。这哪里只是在描述娼妓的居所、记载妖艳的美人啊。"

客人跳起身来，说："这样的话，就不能不记载下来。"于是我就写了《板桥杂记》。

雅　游

1. 仙都乐国

　　金陵为帝王建都之地。公侯戚畹[1]，甲第连云[2]：宗室王孙，翩翩裘马[3]，以及乌衣子弟[4]，湖海宾游[5]，靡不挟弹吹箫[6]，经过赵、李[7]。每开筵宴，则传呼乐籍[8]，罗绮芬芳[9]，行酒纠觞[10]，留髡送客[11]。酒阑棋罢，堕珥遗簪[12]。真欲界之仙都[13]，升平之乐国也[14]。

【注释】

〔1〕戚畹：外戚，这是泛指权贵之家。

〔2〕甲第：豪门贵族的住宅。唐崔颢《长安道》："长安甲第高入云，谁家居住霍将军。"

〔3〕裘马：轻裘肥马。形容生活奢华。

〔4〕乌衣子弟：出身富贵的年轻人。原指东晋时王、谢两大家族的子弟，因其多住在乌衣巷一带，故名。宋周应合《景定建康志》："乌衣巷在秦淮南。晋南渡，王、谢诸名族居此，时谓其子弟为乌衣诸郎。"作者《咏怀古迹·乌衣巷》诗序："去长干寺北不远。晋南渡时，谢、王族盛居此巷中。子弟为官，号为乌衣郎。"旧时乌衣巷在今南京镇淮桥东，与今之乌衣巷位置不同。

〔5〕宾游：出游。

〔6〕挟弹：手执弹弓，指出游打猎。

〔7〕经过赵、李：语出北周庾信《和春日晚景宴昆明池》："春余足光景，赵李旧经过。"原为汉成帝皇后赵飞燕、汉武帝李夫人的并称。

这里泛指歌妓舞女。

〔8〕乐籍：乐户名籍。古时官妓属乐部管理，故有此称。

〔9〕罗绮：华贵的衣服。

〔10〕行酒：斟酒。　纠觞：劝酒。

〔11〕留髡(kūn)送客：留客极尽欢饮，典出汉司马迁《史记·滑稽列传》："日暮酒阑，合尊促坐，男女同席，履舄交错，杯盘狼藉，堂上烛灭，主人留髡而送客，罗襦襟解，微闻芗泽。当此之时，髡心最欢，能饮一石。"髡，指淳于髡，战国时期齐国学者，博学多才，能言善辩。

〔12〕堕珥遗簪：耳环掉落，簪子遗失，指饮酒极尽其欢。典出汉司马迁《史记·滑稽列传》："前有堕珥，后有遗簪。"作者《酒徒歌嘲吴鉴在》："舄履交错簪珥堕，落月满屋天微凉。"

〔13〕欲界之仙都：人间仙境。语出南朝梁陶弘景《答谢中书书》："实是欲界之仙都。"欲界，佛教语，为三界之一，包括地狱、人间和六欲天等。这里指尘世、人世。

〔14〕作者在其《咏怀古迹》的诗序中说："金陵，六朝建都之地，山水风流，甲于天下。丧乱以来，多为茅草。予以暇日，寻览古迹，形诸歌咏，以备采风。然举目河山，伤心第宅，华清如梦，江南可哀。其为悱恻，可胜道哉。"与本文对读，一写繁华，一写悲凉，形成鲜明对比。

【译文】

金陵是历代帝王建都之地。公侯外戚、豪门贵族的住宅高耸入云；帝王宗族、贵族子弟穿轻裘，骑肥马，尽显风流潇洒。那些出身富贵的年轻人出游湖海，无不手执弹弓，吹奏长箫，结交歌伎舞女。每次摆开筵席就传召乐户，华贵的衣服透出芬芳，大家斟酒劝酒，主客极尽欢饮。喝完酒，下罢棋，有掉落耳环的，有遗失簪子的。真是人间仙境、太平乐土啊。

2. 旧　院

　　旧院，人称"曲中"[1]，前门对武定桥[2]，后门在
钞库街[3]。妓家鳞次，比屋而居，屋宇精洁，花木萧
疏[4]，迥非尘境[5]。到门则铜环半启[6]，珠箔低垂[7]；
升阶则猧儿吠客[8]，鹦哥唤茶；登堂则假母肃迎[9]，
分宾抗礼；进轩则丫鬟毕妆，捧艳而出；坐久则水陆备
至[10]，丝肉竞陈[11]；定情则目眺心挑，绸缪婉转[12]。
纨绔少年，绣肠才子，无不魂迷色阵，气尽雌风矣[13]。

【注释】
　　[1]旧院、曲中：妓女聚集之所。参前《自序》注。
　　[2]武定桥：在今南京长乐路东段。始建于南宋淳熙年间，名为嘉
瑞浮桥。景定二年(1261)重建，更名为武定桥。
　　[3]钞库街：又名沉香街，在今南京文德桥西侧，秦淮河南岸。这
里曾是明金库所在地，故名。
　　[4]萧疏：清丽。
　　[5]尘境：凡世，现实世界。佛教以色、声、香、味、触、法为六
尘，因称现实世界为尘境。
　　[6]铜环：这里以门环借指大门。
　　[7]珠箔：珠帘。
　　[8]猧(wō)儿：即猧子，一种体形较小的宠物狗。作者《虞美人》：
"夜郎不住李青莲，犹听猧儿迎吠木兰船。"

〔9〕假母：鸨母。唐孙棨《北里志》："妓之母多假母也，亦妓之衰退者为之。"

〔10〕水陆：水陆所产各类食物，意为各种精美的食物。

〔11〕丝肉：乐声、歌声。

〔12〕绸缪：缠绵。

〔13〕雌风：女子温柔娇媚之态。

【译文】

旧院也被人称作"曲中"，它的前门面对武定桥，后门则在钞库街。妓院如鱼鳞般依次排列，大家比邻而居，房屋精致洁净，花草树木清丽，完全不像是在现实世界。客人到了就看见大门半开，珠帘低低垂下；走上台阶就有猗子吠叫着迎客，鹦鹉呼唤上茶；进入厅堂就有鸨母恭敬迎接，与客人对等行礼；进入小屋就有丫鬟为美人梳妆完毕，簇拥着美人走出；长坐就有水陆各色美食全部摆出，乐声、歌声争相呈献；确定情意后就双目斜望，挑逗心意，情意缠绵动人。富家子弟、锦绣才子，无不为她们的美艳而心醉神迷，为她们的娇媚而意志消沉。

3. 妓家称呼

妓家，仆婢称之曰"娘"，外人呼之曰"小娘"[1]，假母传声曰"娘儿"[2]。有客，称客曰"姐夫"，客称假母曰"外婆"。

【注释】

〔1〕小娘：旧时对妓女的称呼。唐李贺《洛姝真珠》："真珠小娘下青廓，洛苑香风飞绰绰。"

〔2〕假母：鸨母。鸨母除了假母、外婆等称呼，还经常被称作阿母。

【译文】

对于妓女，婢女称其为"娘"，他人称其为"小娘"，鸨母称其为"娘儿"。有客人时，鸨母就称客人为"姐夫"，客人则称鸨母为"外婆"。

4. 教坊司

乐户统于教坊司[1]，司有一官以主之，有衙署[2]，有公座[3]，有人役、刑杖、签牌之类[4]。有冠有带[5]，但见客则不敢拱揖耳[6]。

【注释】

〔1〕乐户：专门从事吹弹歌唱的人，名隶乐籍，故称"乐户"。 教坊司：旧时管理乐户的机构。

〔2〕衙署：官署，衙门。

〔3〕公座：办公用的坐席。

〔4〕签牌：一种竹制的凭证。

〔5〕有冠有带：这里指官服。冠，帽子。带，腰带。

〔6〕拱揖：拱手作揖，以示敬意。 吴敬梓在《儒林外史》第五十三回《国公府雪夜留宾　来宾楼灯花惊梦》中写到明朝的教坊司，可以作为这段文字的注解："自从太祖皇帝定天下，把那元朝功臣之后都没入乐籍，有一个教坊司管着他们。也有衙役执事，一般也坐堂打人。只是那王孙公子们来，他却不敢和他起坐，只许垂手相见。"

【译文】

乐户统属于教坊司，教坊司有一个官员来主政，有官署，有办公用的坐席，也有差役、行刑棍棒、竹制凭证之类。教坊司的官员有官服，只是见到客人却不敢拱手作揖。

5. 妓家门户

妓家分别门户，争妍献媚，斗胜夸奇。凌晨则卯酒淫淫[1]，兰汤艳艳[2]，衣香一园；亭午乃兰花茉莉[3]，沉水甲煎，馨闻数里；入夜而擪笛搊筝[4]，梨园搬演，声彻九霄。李、卞为首[5]，沙、顾次之，郑、顿、崔、马，又其次也。

【注释】

〔1〕卯酒：早晨喝的酒。唐白居易《醉吟》："耳底斋钟初过后，心头卯酒未消时。" 淫淫：不停地喝酒的样子。

〔2〕兰汤：带有香气洗浴用的水。 艳艳：亦作滟滟，水波浮动的样子。宋秦醇《赵飞燕别传》："兰汤滟滟，昭仪坐其中。"

〔3〕亭午：中午，正午。

〔4〕擪(yè)：用手指按压。 搊(chōu)：弹拨。

〔5〕李、卞为首：此处的李、卞及下句所说沙、顾、郑、顿、崔、马，都是当时善于歌舞的名妓，后文作者还会提到。

【译文】

妓家分门立户，争相讨好客人，竞相比美争奇。从凌晨就开始不停喝酒，冒着香气的浴汤水波浮动，衣饰的芬芳弥漫整个庭园；正午就使用兰花、茉莉及沉水、甲煎等香料，在很远之外就能闻到馨香；到了晚上则按笛弹筝，搬演戏曲，乐声穿透夜空。李十娘、卞赛居于首位，沙才、顾媚紧跟其后，郑如英、顿文、崔科、马娇等人又居于其下。

6. 长板桥

长板桥在院墙外数十步，旷远芊绵^[1]，水烟凝碧。回光、鹫峰两寺夹之^[2]，中山东花园亘其前^[3]，秦淮朱雀桁绕其后^[4]。洵可娱目赏心^[5]，漱涤尘俗。每当夜凉人定^[6]，风清月朗，名士倾城^[7]，簪花约鬓，携手闲行，凭栏徙倚^[8]。忽遇彼姝，笑言宴宴^[9]，此吹洞箫，彼度妙曲，万籁皆寂，游鱼出听。洵太平盛事也。

【注释】

〔1〕旷远芊绵：广阔辽远，绵延不绝。

〔2〕回光、鹫峰两寺：指回光寺、鹫峰寺。回光寺始建于南朝梁武帝时，名光宅寺、萧帝寺，后改名法光寺、鹿苑寺。明永乐年间重建，改称回光寺。今已不存，故址在今南京江宁路西。鹫峰寺始建于明天顺年间，为纪念唐代高僧鹫峰大师而得名。在今南京白鹭洲公园内东北角。

〔3〕中山东花园：明中山王徐达私家园林，在徐府之东，故名。位置在今南京白鹭洲公园。

〔4〕秦淮：秦淮河，又名淮水，从溧水、句容流经南京城区，全长110公里。　朱雀桁(héng)：又名朱雀桥、朱雀航。始建于东晋咸康二年(336)，因正对朱雀门而得名。今已不存，故址在今南京信府河与大油坊巷之间。作者《咏怀古迹·朱雀航》诗序："朱雀大航在古长乐渡，六朝最繁华之地也。侯景攻梁，萧正德开航以纳其军。"

〔5〕洵：实在。

〔6〕人定：人就寝安歇的时候，泛指夜深人静。

〔7〕倾城：美貌女子。

〔8〕徙倚：徘徊，流连不去。

〔9〕宴宴：开心快乐的样子。

【译文】

　　长板桥在旧院墙外几十步，放眼望去广阔辽远，绵延不绝，水边烟树浓绿。回光寺、鹫峰寺位于桥两侧，中山东花园在桥前横亘，秦淮河的朱雀桁环绕在其后。实在是让人赏心悦目，可以荡涤尘世间的俗气。每当夜凉人静、风清月明之时，名士与美女簪花绾发，牵着手闲适步行，倚着栏杆徘徊流连。忽然遇见那位美人，则彼此说笑谈乐，这个吹奏洞箫，那个歌唱乐曲，此时万籁俱静，连水中的游鱼都浮出水面倾听。这实在是太平年间的盛事。

7. 秦淮灯船

秦淮灯船之盛，天下所无。两岸河房[1]，雕栏画槛，绮窗丝障，十里珠帘[2]。主称既醉，客曰未晞[3]。游楫往来[4]，指目曰[5]：某名姬在某河房，以得魁首者为胜。薄暮，须臾灯船毕集，火龙蜿蜒，光耀天地，扬槌击鼓，蹋顿波心[6]。自聚宝门水关至通济门水关[7]，喧阗达旦[8]。桃叶渡口[9]，争渡者喧声不绝。

余作《秦淮灯船曲》，中有云：

> 遥指钟山树色开，六朝芳草向琼台[10]。
> 一围灯火从天降，万片珊瑚驾海来[11]。

又云：

> 梦里春红十丈长[12]，隔帘偷袭海南香[13]。
> 西霞飞出铜龙馆[14]，几队娥眉一样妆。

又云：

神弦仙管玻璃杯，火龙蜿蜒波崔嵬[15]。

云连金阙天门迥[16]，星舞银城雪窖开[17]。

皆实录也。嗟乎，可复见乎[18]！

【注释】

〔1〕河房：河、湖旁边的房屋。这里指明清时期南京城从东关头到西水关、沿秦淮河两岸临水而建的一种房舍。多为前门向街，后窗临水，正房对河开窗，尽览秦淮风光。

〔2〕十里珠帘：语出唐杜牧《赠别》："春风十里扬州路，卷上珠帘总不如。"

〔3〕晞：破晓，天亮。

〔4〕游楫：游船。

〔5〕指目：用手指着，用眼看着。

〔6〕蹋顿：震动。

〔7〕聚宝门：南京城门之一，坐北朝南，因面对聚宝山（今称雨花台）而得名。1931年至今，改称中华门。《明史·地理志》："京城周九十六里，门十三：南曰正阳，南之西曰通济，又西曰聚宝。" 水关：穿过城壁以通城内外水道的闸门。明刘侗、于奕正《帝京景物略·水关》："土人曰水关，是水所从入城之关也。" 通济门水关：即东水关，在通济门西侧，系明初为控制秦淮河入城水量而建，由水闸、桥道和藏兵洞三部分组成。通济门在南京大中桥东南，今已不存。从聚宝门到通济门的距离为3450米。

〔8〕喧阗（tián）：喧哗，热闹。

〔9〕桃叶渡口：秦淮河渡口，为秦淮河与青溪水道交汇处，位置在今南京贡院街东、建康路淮清桥西一带。因当年王献之在此迎接爱妾桃叶渡河而得名，为金陵四十八景之一。清初曾在渡口修建利涉桥，中华人民共和国成立后拆除。

〔10〕琼台：华美的楼台。

〔11〕万片珊瑚：形容灯船数量众多，装饰华美。

〔12〕春红：落花。

〔13〕海南香：即海南沉，一种香料。

〔14〕铜龙馆：装饰有铜龙的馆舍。原指太子之宫，这里指精美的楼

台馆阁。

　　〔15〕波崔嵬：波涛翻滚的样子。

　　〔16〕金阙：即黄金阙，道家认为是仙人、天帝居住的地方。

　　〔17〕雪窖：水珠飞溅的水面。

　　〔18〕明钟惺在其《秦淮灯船赋》序中对秦淮灯船作了详细描绘，摘引如下，以作参考："小舫可四五十只，周以雕槛，覆以翠幕。每舫载二十许人。人习鼓吹，皆少年场中人也。悬羊角灯于两旁，略如舫中人数，流苏缀之。用绳联舟，令其衔尾，有若一舫。火举伎作，如烛龙焉。已散之，又如凫雁蹒跚波间，望之皆出于火，直得一赋耳。"

【译文】

　　秦淮河灯船的盛况，天下无双。两岸的房屋，都装饰着雕花的栏杆、华美的窗户、丝织的屏障，十里长路都垂着珍珠串成的帘子。主人说已大醉，客人却说天还没亮。游船来来往往，人们一边注视一边指着说：某位名姬住在某个河房，谁能得到这位美人的青睐就是胜利者。傍晚，灯船不一会就全部集合，连绵的灯船像火龙一样蜿蜒，光芒照亮天地，人们扬起棒槌，击打鼓面，震动水波。从聚宝门水关到通济门水关，喧哗之声通宵达旦。桃叶渡口，争相划船的人喧闹不休。

　　我写了一组《秦淮灯船曲》诗，里面说："遥指钟山树色开，六朝芳草向琼台。一围灯火从天降，万片珊瑚驾海来。"又说："梦里春红十丈长，隔帘偷袭海南香。西霞飞出铜龙馆，几队娥眉一样妆。"又说："神弦仙管玻璃杯，火龙蜿蜒波崔嵬。云连金阙天门迥，星舞银城雪窖开。"这些都是据实记录的。唉，还能再见到这样的繁华景象吗！

8. 教坊梨园

　　教坊梨园，单传法部[1]，乃威武南巡所遗也[2]。然名妓仙娃，深以登场演剧为耻，若知音密席[3]，推奖再三，强而后可。歌喉扇影[4]，一座尽倾。主之者大增气色，缠头助采[5]，遽加十倍。至顿老琵琶[6]、妥娘词曲[7]，则只应天上，难得人间矣[8]。

【注释】

　　〔1〕法部：唐代皇宫梨园训练和演奏法曲的部门，后借指教坊。

　　〔2〕威武南巡：明武宗朱厚照（1491—1521）在正德十四年（1519）以平定宁王朱宸濠叛乱为借口游历江南。威武，朱厚照曾自称威武大将军。

　　〔3〕密席：座位紧挨，指关系亲密。

　　〔4〕歌喉扇影：女子歌舞时摇扇的风姿韵态。

　　〔5〕缠头：旧时歌舞艺人表演完毕，客人以罗锦为赠，称"缠头"。这里指馈赠妓女的财物。

　　〔6〕顿老：即顿仁，明末南教坊曲师，南京人。善唱北曲，精通音律。因精于琵琶弹奏，人称"顿老琵琶"。明顾起元《客座赘语》："教坊顿仁，曾于正德中随驾至北京，工于音律，于《中原音韵》《琼林雅韵》终年不去手，于开口闭口与四声阴阳字皆不误。"

　　〔7〕妥娘：即郑如英，小名妥，字无美，金陵名妓，善诗词。冒伯麟曾将其与马湘兰、赵今燕、朱泰玉的诗作编集为《秦淮四美人诗》。清钱谦益《列朝诗集》："金陵旧院妓，首推郑氏，妥晚出，韶丽惊人。"

　　〔8〕只应天上，难得人间：语出唐杜甫《赠花卿》："此曲只应天上

有，人间能得几回闻。"

【译文】

　　金陵的教坊梨园是武宗南巡后的遗存。然而那些名妓美人将登台演戏当作耻辱，如果是关系亲密的知己，再三推许称赞，极力邀请演唱，她才勉强同意。歌声婉转，舞扇轻摇，全场都为之倾倒。东道主感到颜面大增，馈赠的财物马上加到十倍。至于说顿仁演奏琵琶，妥娘演唱词曲，那就是"此曲只应天上有，人间能得几回闻"了。

9. 王者之香

裙屐少年[1]，油头半臂[2]，至日亭午，则提篮挈榼[3]，高声唱卖逼汗草[4]、茉莉花。娇婢卷帘，摊钱争买，捉膀撩胸，纷纭笑谑。顷之，乌云堆雪，竟体芳香矣[5]。盖此花苞于日中，开于枕上[6]，真媚夜之淫葩，殢人之妖草也[7]。建兰则大雅不群[8]，宜于纱幮文榻[9]，与佛手、木瓜同其静好。酒兵茗战之余，微闻香泽，所谓王者之香[10]，湘君之佩[11]，岂淫葩、妖草所可比拟乎？

【注释】

〔1〕裙屐少年：语出《北史·邢峦传》："萧深藻是裙屐少年，未洽政务。"原指六朝贵游子弟，束裙着屐为当时流行的装束。这里指衣着打扮时尚讲究的年轻人。

〔2〕油头：头上抹了油。元钟嗣成《南吕·骂玉郎过感恩采茶歌四景》："皓齿明眸，粉面油头。" 半臂：又称半袖，隋唐时期流行的女性新式服装，一种半袖的对襟上衣。这里泛指时尚的服装。

〔3〕榼（kē）：盒子一类的器物。

〔4〕逼汗草：一种香草名，所散发的香气能驱除身上汗液的气味。

〔5〕竟体：全身，遍体。

〔6〕枕上：梦中，指代晚上。

〔7〕殢（tì）：沉迷，沉溺。

〔8〕建兰：又名秋兰，兰花的一种。

〔9〕纱幮：亦作"纱厨"。纱帐。　文榭：饰有彩画的台榭。

〔10〕王者之香：即王者香，兰花的别称。典出汉蔡邕《琴操·猗兰操》："(孔子)自卫返鲁，过隐谷之中，见香兰独茂，喟然叹曰：'夫兰，当为王者香。'"

〔11〕湘君：湘水的水神。

【译文】

　　那些装扮讲究的年轻人，头上抹油，衣着时尚，到了每天正午，就提着篮子、盒子，大声叫卖逼汗草、茉莉花。娇美的婢女卷起帘子，拿出钱来，争相购买，她们互相握持着臂膀，挑弄着胸口，纷纷嬉笑戏谑。顷刻之间，乌黑的头发上插满雪白的茉莉花，遍体气味芬芳。原来这种花中午含苞，夜间开放，真是装扮夜晚的淫花、迷人的妖草。建兰雅致出众，适合放在纱帐和饰有彩画的台榭中，和佛手、木瓜一同安静美好。饮酒品茶之余，稍稍嗅到兰香，这就是所说的王者之香、湘君之配，哪里是那些淫花妖草所能相比的呢？

10. 时世妆

南曲衣裳妆束，四方取以为式，大约以澹雅朴素为主，不以鲜华绮丽为工也。初破瓜者[1]，谓之梳拢[2]；已成人者，谓之上头[3]。衣饰皆主之者措办[4]。巧制新裁，出于假母，以其余物自取用之。故假母虽年高，亦盛妆艳服，光采动人。衫之短长，袖之大小，随时变易，见者谓是"时世妆"也[5]。

【注释】

〔1〕破瓜：旧时女子十六岁为"破瓜"。因"瓜"字拆开为两个八字，即二八之年，故称。晋孙绰《情人碧玉歌》："碧玉破瓜时，郎为情颠倒。"

〔2〕梳拢：旧时妓女第一次接客。接客后开始梳髻，故称"梳拢"。

〔3〕上头：这里指成年妓女初次接客。元陶宗仪《辍耕录》："倡家处女初得荐寝于人，亦曰上头。"

〔4〕措办：筹办。

〔5〕时世妆：入时或时髦的装扮。语出唐白居易《时世妆》："时世妆，时世妆，出自城中传四方。"

【译文】

南曲的服饰妆容，天下各处都作为标准式样，大致以淡雅朴素的风格为主，不把鲜艳华丽作为目标。刚到十六岁的妓女接客，称之为"梳拢";已经成年的妓女接客,称之为"上头"。她们的衣物服饰都由主事的客人操办。巧妙新奇的裁制,出自鸨母之手,那些剩余的物品她们就自行取用。故此鸨母虽然年老,也往往打扮华美,装束艳丽,光彩照人。衣衫的长短,袖子的大小,都是随着时代而变,见到的人说这是"时世妆"。

11. 曲中女郎

曲中女郎，多亲生之，母故怜惜倍至。遇有佳客^[1]，任其留连，不计钱钞。其伧父大贾^[2]，拒绝弗与通，亦不怒也。从良落籍^[3]，属于祠部^[4]。亲母则所费不多，假母则勒索高价，谚所谓"娘儿爱俏，鸨儿爱钞"者，盖为假母言之耳^[5]。

【注释】

〔1〕佳客：嘉宾、贵客。这里指有身份地位的嫖客。

〔2〕伧父：粗俗、鄙贱之人。　大贾：大商人、富商。

〔3〕落籍：脱离娼籍。指妓女从良。清程岱葊《野语》："前明设教坊司，罪人家属没入其中，不少名门淑媛徒惜一死，堕入烟花，仁人所不忍闻，是以名妓甚多。官有籍记，故除名赎身谓之落籍。"

〔4〕祠部：明时管理教坊的机构，属礼部。

〔5〕"娘儿爱俏，鸨儿爱钞"是明清时期颇为流行的俗语，文学作品也多有记载，如《古今小说》卷十二《众名姬春风吊柳七》："自古道小娘爱俏，鸨儿爱钞。"明毛晋《六十种曲·青衫记》："自古道小娘儿爱俏，老鸨儿爱钞。"

【译文】

旧院的女子，大多是亲生的孩子，鸨母因此非常怜惜。遇到有身份地位的嫖客，任由他们温存留恋，也不计较钱财。遇到俗人富商，女儿不愿接客，鸨母也并不因此生气。女儿脱离娼籍，归属祠部，如果是亲娘，索取钱财就不多，如果是假母，则勒索高价，谚语所说的"娘儿爱俏，鸨儿爱钞"，应该是针对假母说的。

12. 贡 院

　　旧院与贡院遥对[1]，仅隔一河，原为才子佳人而设。逢秋风桂子之年[2]，四方应试者毕集，结驷连骑[3]，选色征歌，转车子之喉[4]，按阳阿之舞[5]。院本之笙歌合奏[6]，回舟之一水皆香。或邀旬日之欢，或订百年之约。蒲桃架下[7]，戏掷金钱[8]，芍药栏边，闲抛玉马[9]，此平康之盛事[10]，乃文战之外篇[11]。若夫士也色荒[12]，女兮情倦，忽裘敝而金尽[13]，遂欢寡而愁殷[14]。虽设阱者之恒情，实冶游者所深戒也[15]。青楼薄幸[16]，彼何人哉[17]！

【注释】

　　〔1〕贡院：旧时举行乡试或会试的地方，这里指江南贡院。江南贡院在今江苏南京夫子庙附近秦淮河北岸，始建于宋乾道四年（1168），明清时期不断扩建，规模为全国之最，最多时能容纳两万多人。现仅存明远楼、飞虹桥及明清碑刻二十二方。

　　〔2〕秋风桂子之年：指举行乡试的年份。桂子，桂花。

　　〔3〕结驷连骑：高车骏马，成群结队。语出汉司马迁《史记·仲尼弟子列传》："子贡相卫，而结驷连骑，排藜藿，入穷阎，过谢原宪。"

　　〔4〕车子：人名，旧时善于歌唱者。典出三国魏繁钦《与魏文帝笺》："都尉薛访车子，年始十四，能喉啭引声，与箫同音。"

　　〔5〕阳阿：旧时名倡，善舞，典出汉刘安《淮南子·俶真训》："足

蹀阳阿之舞。"汉高诱注："阳阿，古之名倡也。"这里泛指善于舞蹈者。

〔6〕院本：金元时期行院演唱所用脚本。这里泛指演出的脚本。

〔7〕蒲桃：葡萄。

〔8〕戏掷金钱：典出五代王元裕《开元天宝遗事·戏掷金钱》："内庭嫔妃，每至春时，各于禁中结伴三人至五人，掷金钱为戏。"

〔9〕玉马：一种玉质的筹码。

〔10〕平康：唐时长安丹凤街有平康坊，为妓女聚居之地，亦称平康里。这里泛指妓女聚集之地。

〔11〕文战：科举考试。

〔12〕色荒：沉湎于女色。

〔13〕裘敝而金尽：又作"裘弊金尽"。皮袍破旧，钱已用完。比喻境况困难。典出《战国策》："（苏秦）说秦王书十上而说不行，黑貂之裘弊，黄金百斤尽。"

〔14〕欢寡而愁殷：快乐少，忧愁多。语出东晋陶渊明《闲情赋》："同一尽于百年，何欢寡而愁殷。"

〔15〕冶游：狎妓。

〔16〕薄幸：薄情，负心。作者《梦楚姬》："青楼薄幸非关我，谁打莺儿搅独眠。"

〔17〕彼何人哉：语出《庄子》："媒媒晦晦，无心而不可与谋。彼何人哉。"

【译文】

　　旧院与江南贡院遥遥相对，中间仅隔一条河，原本都是为才子佳人而设。每逢举行乡试的年份，各地应考者都在这里聚集，高车骏马，成群结队，挑选美女，征召歌伎；善歌者歌喉婉转，善舞者按乐起舞。搬演戏曲则乐曲合奏，画船回转则水面飘香。才子佳人有的约定短暂欢愉，有的立下终身盟誓。葡萄架下，男女挥掷金钱作为游戏，芍药栏旁，悠闲地扔下玉质筹码，这是妓家的盛事，也是科考的外传。如果士子沉湎于女色，女子感情厌倦，转眼间钱财用尽，境况困难，则快乐少而忧愁多。虽然这是设置陷阱者的常情，但买笑者也实在应该深深戒备。青楼薄情，这是什么样的人呀！

13. 曲中市肆

　　曲中市肆，精洁殊常。香囊、云舄[1]、名酒、佳茶、饧糖[2]、小菜、箫管、瑟琴，并皆上品。外间人买者，不惜贵价；女郎赠遗，都无俗物。正李仙源《十六楼集句》[3]诗中所云"市声春浩浩[4]，树色晓苍苍。饮伴更相送[5]，归轩锦绣香"也。

【注释】

　　[1] 云舄(xì)：绣鞋。

　　[2] 饧(xíng)糖：麦芽糖。

　　[3] 李仙源：即李公泰，字叔通，号仙源，鹿邑(今河南鹿邑)人。洪武三十年(1397)进士，博学通天文，曾职掌钦天监。著有《集句诗》等。　《十六楼集句》：明周晖《金陵琐事》作《咏十六楼集句》。

　　[4] 浩浩：声音嘈杂，喧闹。作者所引为《十六楼集句》中《北市楼》诗句。全诗为："危楼高百尺，极目乱红妆。乐饮过三爵，遐观纳八荒。市声春浩浩，树色晓苍苍。饮伴更相送，归轩锦绣香。"

　　[5] 饮伴：饮酒的同伴。唐李廓《长安少年行》："苍头来去报，饮伴到倡家。"

【译文】

　　旧院的市集店铺都非常精致整洁。香囊、绣鞋、名酒、好茶、饧糖、小菜、箫管、琴瑟等，都是上等的精品。外面的人往往不惜高价购买；妓女馈赠的物品，也都没有俗气的东西。这正像李仙源在其《十六楼集句》诗中所说的："市声春浩浩，树色晓苍苍。饮伴更相送，归轩锦绣香。"

14. 南曲谈资

发象房〔1〕，配象奴〔2〕，不辱自尽〔3〕。胡闰妻女发教坊为娼〔4〕，此亘古所无之事也。追诵火龙铁骑之章〔5〕，以为叹息。

【注释】

〔1〕象房：明代驯养大象的地方。

〔2〕象奴：驯养大象的奴仆。《明史·职官志五》："驯象所，领象奴养象，以供朝会陈列、驾辇、驮宝之事。"明成祖朱棣攻占南京、夺取皇位后，大肆杀戮忠于建文帝的大臣，并将其妻女家属配给象奴。

〔3〕不辱自尽：不堪受辱而自杀。明焦竑《澹园集》卷二十《礼部侍中黄公元配翁夫人暨二女墓祠记》："是时，有司果收翁及二女，给配象奴，翁佯以钏钗付奴市酒肴，以其间携二女自沉于水，而家属十人者随之。"

〔4〕胡闰（约 1339—1402）：字松友，鄱阳（今江西鄱阳）人。洪武四年（1371），郡举秀才，任都督府都事、经历。建文时任右补阙、大理寺少卿。后燕王朱棣起兵，他与齐泰、黄子澄等进行抵抗。京城失陷，与儿子及家族二百多人被杀害。据《明史》，胡闰被杀时，女儿郡奴四岁，罚入功臣家为奴。有关胡闰妻女的下落，各书记载颇有差异。

〔5〕火龙：形容绵延不绝或连成一串的灯火。唐玄宗《早登太行山中言志》："火龙明鸟道，铁骑绕羊肠。"

【译文】

发配到驯养大象的地方，许配给驯养大象的奴仆，那些建文帝大臣的妻女们不堪受辱而自杀。胡闰的妻女被罚入教坊做娼妓，这是自古以来都没有的事情。追忆并念诵唐玄宗"火龙明鸟道，铁骑绕羊肠"的诗篇，来抒发自己的感叹。

虞山钱牧斋《金陵杂题绝句》中[1]，有数首云：

淡粉轻烟佳丽名，开天营建记都城[2]。
而今也入烟花部，灯火樊楼似汴京[3]。

一夜红笺许定情[4]，十年南部早知名。
旧时小院湘帘下，犹记鹦哥唤客声。

（旧院马二娘，字晁采。）

借别留欢限马蹄，勾栏月白夜乌栖。
不知何与汪三事[5]，趣我欢娱伴我啼。

别样风怀另酒肠，伴他薄幸奈他狂。
天公要断烟花种，醉杀瓜洲萧伯梁[6]。

顿老琵琶旧典型，檀槽生涩响零丁[7]。
南巡法曲谁人问[8]？头白周郎掩泪听[9]。

（绍兴周禹锡喜听顿老琵琶。）

旧曲新诗压教坊，缕衣垂白感湖湘[10]。
闲开闰集教孙女[11]，身是前朝郑妥娘。

（郑如英，小名妥娘。）

新城王阮亭《秦淮杂诗》中有二首云[12]：

旧院风流数顿杨[13]，梨园往事泪沾裳。

樽前白发谈天宝[14]，零落人间脱十娘[15]。

旧事南朝剧可怜[16]，至今风俗斗婵娟[17]。

秦淮丝肉中宵发[18]，玉律抛残作笛钿[19]。

以上皆伤今吊古、感慨流连之作，可佐南曲谈资者，录之以当哀丝急管。黄山谷云[20]："解作江南断肠句，世间惟有贺方回[21]。"倘遇旗亭歌者，不能不画壁也[22]。

八琼逸客曰[23]：此记须用冷金笺，画乌丝栏[24]，写《洛神赋》小楷，装以云鸾缥带，贮之蛟龙箧中，薰以沉水、迷迭，于风清月白、红豆花间开看之可也。

【注释】

〔1〕虞山钱牧斋：底本于"虞山"后空三格，今据文意补。此即钱谦益（1582—1664），字受之，号牧斋。常熟（今江苏常熟）人。万历三十八年（1610）进士，官至礼部侍郎、翰林侍读学士。后降清，任礼部侍郎。著作有《初学集》《有学集》《投笔集》等。虞山，在今江苏常熟西北，常用作常熟的代称。

〔2〕开天：创始，指明朝开国。

〔3〕樊楼：北宋时东京的酒楼，又称白矾楼。楼高三层，华丽壮伟，生意兴隆。这里泛指酒楼。 汴京：北宋都城，即今河南开封。

〔4〕红笺：红色的笺纸，用以题写诗词或名片。

〔5〕汪三：原诗下有注释："新安汪逸，字遗民。"汪逸，歙县（今安徽歙县）人，著有《汪遗民诗》。

〔6〕瓜洲萧伯梁：萧伯梁，后文有作者本人的介绍，此处略。瓜洲，

在今江苏扬州。

〔7〕檀槽：檀木所制琵琶、琴等弦乐器上架弦的槽格。这里指琵琶。

〔8〕法曲：一种旧时乐曲。

〔9〕周郎：三国时东吴将领周瑜，因其年少，故有此称。《三国志》："瑜时年二十四，吴中皆呼为周郎。……瑜少精意于音乐，虽三爵之后，其有阙误，瑜必知之，知之必顾，故时人谣曰：'曲有误，周郎顾。'"这里以周禹锡比周郎，一语双关。作者《戊申看花诗》其五十七："坐有周郎能顾曲，玉笙吹彻酒颜红。"

〔10〕缕衣：破旧的衣服。

〔11〕闰集：指附在《列朝诗集》正集之后僧道、妇女等的作品集。

〔12〕新城王阮亭：即王士禛(1634—1711)，字贻上，号阮亭、渔洋山人。新城(今山东桓台)人。顺治十五年(1658)进士，历任扬州推官、礼部主事，官至刑部尚书。著有《带经堂集》《渔洋诗话》《池北偶谈》《香祖笔记》等。

〔13〕顿杨：即顿文、杨玉香，二人皆为明末秦淮名妓，才艺超群。

〔14〕樽前白发谈天宝：语出唐元稹《行宫诗》："白头宫女在，闲坐说玄宗。"

〔15〕脱十娘：明万历间金陵名妓。清王士禛《池北偶谈》："顺治末，予在江宁，闻脱十娘者，年八十余，尚在。万历中北里之尤也。"

〔16〕南朝：南明王朝。

〔17〕斗婵娟：比美争艳。

〔18〕中宵：深夜，半夜。

〔19〕玉律抛残作笛钿：典出《南史·齐本纪》："江左旧物，有古玉律数枚，悉裁以钿笛。"玉律，一种管乐器。笛钿，笛子的装饰物。

〔20〕黄山谷：即黄庭坚(1045—1105)，字鲁直，号山谷，洪州分宁(今江西修水)人。宋英宗治平四年(1067)进士，为苏门四学士之一。著有《豫章先生全集》等。

〔21〕解作江南断肠句，世间惟有贺方回：语出黄庭坚《寄贺方回》，全诗为："少游醉卧古藤下，谁与愁眉唱一杯？解作江南断肠句，只今惟有贺方回。"贺方回，即贺铸(1052—1125)，字方回，卫州(今河南卫辉)人。北宋著名词人，有《东山词》传世。

〔22〕倘遇旗亭歌者，不能不画壁：典出唐薛用弱《集异记·王之涣》，开元中，王昌龄、高适、王之涣齐名。一天，三人在旗亭小饮，遇到梨园伶官及妙妓。三人相约观诸伶所讴，诗作入歌词多者为优。伶人每歌一曲，三人则引手画壁做标记。旗亭，酒楼。悬旗为酒招，故有

此称。

〔23〕"八琼逸客曰"以下：这段文字在清瓣香阁抄本中为跋语，"八琼逸客"作"入琼逸客"。

〔24〕乌丝栏：画在卷册或织在绢素的黑色界格。

【译文】

虞山钱谦益在其《金陵杂题绝句》里，有几首诗这样写道："淡粉轻烟佳丽名，开天营建记都城。而今也入烟花部，灯火樊楼似汴京。""一夜红笺许定情，十年南部早知名。旧时小院湘帘下，犹记鹦哥唤客声。（旧院马二娘，字晁采。）""惜别留欢限马蹄，勾栏月白夜乌栖。不知何与汪三事，趣我欢娱伴我啼。""别样风怀另酒肠，伴他薄幸奈他狂。天公要断烟花种，醉杀瓜洲萧伯梁。""顿老琵琶旧典型，檀槽生涩响零丁。南巡法曲谁人问？头白周郎掩泪听。（绍兴周禹锡喜听顿老琵琶。）""旧曲新诗压教坊，缕衣垂白感湖湘。闲开闰集教孙女，身是前朝郑妥娘。（郑如英，小名妥娘。）"

新城王士禛《秦淮杂诗》中有两首诗这样写道："旧院风流数顿杨，梨园往事泪沾裳。樽前白发谈天宝，零落人间脱十娘。""旧事南朝剧可怜，至今风俗斗婵娟。秦淮丝肉中宵发，玉律抛残作笛钿。"

上述各诗都是忧虑今日、感念往昔、感触深沉、留恋不止之作，可以作为南曲谈资，就抄录来代替哀婉、急促的乐歌。黄庭坚说："解作江南断肠句，世间惟有贺方回。"如果遇到梨园旧歌者吟唱这些诗，这些诗歌的作者想必也会在墙上画记号吧。

八琼逸客说：这部《板桥杂记》需要用冷金笺纸，在上面描画黑色界格，以抄《洛神赋》的小楷来书写，以绘有云鸾的淡青带子来装束，收藏在蛟龙箧中，用沉水、迷迭香来薰，选一个清风明月的夜晚，在红豆花中打开阅读。

丽品

1. 六朝金粉

余生万历末年，其与四方宾客交游，及入范大司马莲花幕中为平安书记者[1]，乃在崇祯庚、辛以后[2]。曲中名妓，如朱斗儿[3]、徐翩翩[4]、马湘兰者[5]，皆不得而见之矣。则据余所见而编次之，或品藻其色艺，或仅记其姓名，亦足以征江左之风流[6]，存六朝之金粉也[7]。

昔宋徽宗在五国城[8]，犹为李师师立传[9]，盖恐佳人之湮灭不传，作此情痴狡狯耳[10]，"风乍起，吹皱一池春水"[11]，干卿何事[12]？彼美人兮，"巧笑倩兮，美目盼兮"[13]。彼君子兮，"中心藏之，何日忘之"[14]。

【注释】
〔1〕范大司马：即范景文（1587—1644），字梦章，吴桥（今河北吴桥）人。万历四十一年（1613）进士，历任东昌推官、右佥都御史、兵部尚书兼东阁大学士。崇祯十七年（1644），李自成率军攻进北京，范景文投井殉节。著有《范文忠公文集》等。作者《东山谈苑》："范文贞公景文为南大司马时，好客下士。士有以诗文投谒者，无论工拙，必自首至尾，细加批阅，次日向其人言之，一字无遗漏。此余尝从旁亲见者。"大司马，明清时期对兵部尚书的别称。 莲花幕：又称莲幕、幕府，典出《南史·庾杲之传》："（王俭）用杲之为卫将军长史。安陆侯萧缅与俭

书曰：'盛府元僚，实难其选。庚景行泛渌水，依芙蓉，何其丽也。'时人以入俭府为莲花池，故缅书美之。"作者《上李惢轩先生定策晋秩》："独有旧依莲幕客，月明长啸倚高楼。"　平安书记：这里泛指幕僚。

〔2〕崇祯庚、辛：指崇祯庚辰、辛巳。庚辰即崇祯十三年（1640），辛巳即崇祯十四年（1641）。

〔3〕朱斗儿：号素娥。金陵名妓。善画山水。清钱谦益《列朝诗集》："朱斗儿，号素娥，画山水小景，陈鲁南授以笔法。"

〔4〕徐翩翩：字飞卿，一字惊鸿，别号惠月。金陵名妓。善画墨兰。明姚旅《露书》："徐翩翩，字惊鸿，桃叶伎。能诗而且有侠骨。"

〔5〕马湘兰：即马守真（1548—1604），或作马守贞，字玄儿、月娇，因善画兰竹，别号湘兰子。金陵名妓。自幼沦落青楼，为秦淮八艳之首。多才多艺，精于唱曲，以诗画擅名一时，著有《湘兰子集》。清钱谦益《列朝诗集》："姿首如常人，而神情开涤，濯濯如春柳早莺。吐辞流盼，巧伺人意，见之者无不人人自失也。"

〔6〕江左之风流：《南齐书·王俭传》："俭尝谓人曰：'江左风流宰相，唯有谢安。'"作者《沁园春·祝二寄老人七十》："江左风流想谢安。"江左，江东，主要指长江下游以东地区。

〔7〕六朝之金粉：指六朝古都金陵奢侈豪华的景象。元王实甫《西厢记》："香消了六朝金粉，清减了三楚精神。"

〔8〕宋徽宗：赵佶（1082—1135），北宋皇帝。1100 年—1125 年在位。靖康二年（1127）被俘至金国，后死于五国城。擅书法及花鸟画，自成一家。　五国城：在今黑龙江依兰。

〔9〕李师师：北宋时汴京名妓，为宋徽宗所宠幸。

〔10〕恐佳人之湮灭不传：这也是作者撰写该书的一个重要动机，正如曹雪芹在《红楼梦》开篇中所说的："我之罪固不免，然闺阁中本自历历有人，万不可因我之不肖，自护己短，一并使其泯灭也。"　狡狯：玩笑，游戏。

〔11〕风乍起，吹皱一池春水：语出南唐冯延巳《谒金门》。全词为："风乍起，吹皱一池春水。闲引鸳鸯香径里，手挼红杏蕊。　斗鸭栏干独倚，碧玉搔头斜坠。终日望君君不至，举头闻鹊喜。"

〔12〕干卿何事：典出《南唐书·冯延巳传》："延巳有'风乍起，吹皱一池春水'之句，元宗尝戏延巳曰：'吹皱一池春水，干卿何事？'"

〔13〕"巧笑倩兮"二句：语出《诗经·卫风·硕人》。

〔14〕"中心藏之"二句：语出《诗经·小雅·隰桑》。

【译文】

　　我生在万历末年，和天下宾客结交及进入范大司马幕府担任平安书记，是在崇祯十三年、十四年之后。旧院的名妓，如朱斗儿、徐翩翩、马湘兰等人，都已无法见到她们。于是就根据我见到的名妓编排次第，有的品评鉴别她们的容貌技艺，有的仅仅记下她们的姓名，这也足以验证江左风流的美好动人，存留六朝古都的奢华景象。

　　当初宋徽宗被关在五国城，仍为李师师撰写传记，大概是担心佳人埋没不传，才做了这个深情的游戏。南唐中主李璟对冯延巳说："'风乍起，吹皱一池春水'，跟你有什么关系呢?"但《诗经》中却说：美人啊，嫣然一笑多美丽，秋波一转多动人；君子啊，我把你深深地藏在心里，哪天都忘不了你。

2. 尹 春

尹春，字子春。姿态不甚丽，而举止风韵，绰似大家。性格温和，谈词爽雅，无抹脂鄣袖习气[1]。专工戏剧排场[2]，兼擅生、旦。

余遇之迟暮之年，延之至家，演《荆钗记》[3]，扮王十朋[4]，至《见母》《祭江》二出，悲壮淋漓，声泪俱进，一座尽倾，老梨园自叹弗及。余曰："此许和子永新歌也[5]，谁为韦青将军者乎[6]！"因赠之以诗曰："红红记曲采春歌[7]，我亦闻歌唤奈何[8]。谁唱江南断肠句，青衫白发影婆娑[9]。"春亦得诗而泣。后不知其所终[10]。

【注释】
〔1〕鄣袖：以袖遮面，故作姿态。
〔2〕排场：演出，表演。
〔3〕《荆钗记》：宋元南戏作品，演述王十朋、钱玉莲婚恋故事。尹春这次演出是为庆贺作者父亲六十寿辰。《祭江》为第三十出，《见母》为第三十一出。
〔4〕王十朋：《荆钗记》主要人物，史有其人。王十朋（1112—1171），字龟龄，号梅溪，乐清（今浙江乐清）人。宋绍兴间进士，历任绍兴府签判、著作郎、侍御史、太子詹事等。著有《梅溪集》《春秋尚

书论语解》等。

〔5〕许和子：唐宫廷歌女。永新（今江西永新）人。出身乐工之家，开元末选入宫中，改名永新，为宜春院乐伎。唐段安节《乐府杂录》称其"既美且慧，善歌，能变新声"。 永新歌：许和子所唱的歌曲。

〔6〕韦青将军：唐时善歌者，后为禁军头领，官金吾将军。唐段安节《乐府杂录》："泊渔阳之乱，六宫星散，永新为一士人所得。韦青避地广陵，因月夜凭栏于小河之上，忽闻舟中奏水调者，曰：'此永新歌也。'乃登舟与永新对泣久之。"

〔7〕红红记曲：典出唐段安节《乐府杂录》，红红为唐代名妓，后为韦青姬妾。"尝有乐工自撰一曲，即古曲《长命西河女》也，加减其节奏，颇有新声。未进闻，先印可于青。青潜令红红于屏风后听之。红红乃以小豆数合，记其节拍。乐工歌罢，青因入问红红如何，云已得矣。青出给云：'某有女弟子，久曾歌此，非新曲也。'即令隔屏风歌之，一声不失。乐工大惊异……寻达上听，翊日召入宜春院，宠泽隆异，宫中号记曲娘子。" 采春：唐代歌妓，姓刘，伶工周季崇之妻。元稹有《赠刘采春》诗，称其"言词雅措风流足，举止低回秀媚多。更有恼人断肠处，选词能唱《望夫歌》"。

〔8〕闻歌唤奈何：典出南朝宋刘义庆《世说新语》："桓子野每闻清歌，辄唤'奈何'。谢公闻之曰：'子野可谓一往有深情。'"作者《咏怀古迹·邀笛步》："一往深情唤奈何，胡床三弄喜婆娑。"

〔9〕青衫白发：晚年才做小官。唐宋时文官品级低的穿青色服。宋欧阳修《圣俞会饮》："嗟余身贱不敢荐，四十白发犹青衫。" 婆娑：衰老的样子。

〔10〕尹春除了演剧，还能填词。这里选录其词作《醉春风》："池上残荷尽，篱下黄花嫩。重阳还有几多时，近、近、近。曾记旧年，那人索句，评香斗茗。 望断萧郎信，懒去匀官粉。虾须帘外晚风生，阵、阵、阵。双袖生寒，一灯明灭，博山香烬。"

【译文】

尹春，字子春。她的姿容仪态并不是特别艳丽，但举止风度不凡，俨然豪门贵族。她性格温和，谈吐爽朗优雅，没有故作姿态的不良习气。她精于戏剧表演，生、旦两行都很擅长。

我在其晚年时相识，邀请她到家中表演《荆钗记》，她扮演王十朋，演到《见母》《祭江》这两出时，将悲壮之情抒发得淋漓尽致，声泪俱下，全场都为之倾倒，连资深的老艺人都自叹不如。我说："这是许和子演唱的永新歌，但谁是韦青将军呢！"于是赠她一首诗："红红记曲采春歌，我亦闻歌唤奈何。谁唱江南断肠句，青衫白发影婆娑。"尹春得到诗后潸然泪下。后来就不知道她的下落了。

3. 尹 文

嗣有尹文者，色丰而姣，荡逸飞扬，顾盼自喜[1]，颇超于流辈[2]。太平张维则昵就之[3]，惟其所欲，甚欢。欲置为侧室[4]，文未之许。属友人强之，文笑曰："是不难。嫁彼三年，断送之矣。"卒归张。未几，文死。张后十数年乃亡。仕至监司[5]，负才华，任侠，轻财结客，磊落人也。

【注释】
〔1〕顾盼自喜：洋洋自得，很有自信的样子。
〔2〕流辈：同辈，同一类人。
〔3〕太平张维则：即张柔嘉，字维则，又字青弅。太平（今安徽当涂）人。《（康熙）当涂县志》卷二十："张柔嘉字维则，副宪时旸次子也。少年眉宇聪秀，人比之潘岳、卫玠。能文，入胶庠。性通脱，不耐束缚，好为韵语不辍。四方客至，有片长者居停之，非诗即弈，翩翩佳公子也。句曲应文宗试，往往留滞白下，放浪秦淮。"顺治十五年（1658）随征云南，以功擢按察使佥事；顺治十七年（1660）任临沅道布政使司。他与尹文亲近，当在其南京应试时。龚鼎孳有词作《高阳台·和秀公为张维则催妆》，邓汉仪有诗作《花朝饮张维则邸中》。　　昵就：亲近，亲昵。
〔4〕侧室：姜。
〔5〕监司：负有监察之责的官吏。明代的按察使、清代的布政使通称监司。

【译文】

　　其后有一位叫尹文的，容貌丰润美好，性格狂放不羁，对自己颇感得意，是同辈中的佼佼者。太平人张维则亲近她，完全顺从她的意愿，二人很是欢好。张维则想要娶她做妾室，但尹文没有答应他的请求。张维则就托友人强迫她，尹文笑着说："这不难。嫁给他三年，就会葬送在他那里。"最终还是嫁给了张维则。没过多久，尹文就去世了。张维则十几年后才去世。他官至监司，富有才华，扶助弱小，见义勇为，轻视钱财，结交友朋，是一个正大光明的人。

4. 李十娘

李十娘，名湘真，字雪衣。在母腹中，闻琴歌声，则勃勃欲动。生而娉婷娟好[1]，肌肤玉雪，既含睇兮又宜笑[2]，殆《闲情赋》所云"独旷世而秀群"者也[3]。性嗜洁，能鼓琴清歌，略涉文墨，爱文人才士。

所居曲房秘室[4]，帷帐尊彝[5]，楚楚有致[6]。中构长轩[7]，轩左种老梅一树，花时香雪霏拂几榻[8]；轩右种梧桐二株，巨竹十数竿。晨夕洗桐拭竹，翠色可餐。入其室者，疑非人境。

余每有同人诗文之会，必主其家。每客用一精婢侍砚席[9]，磨隃糜[10]，爇都梁[11]，供茗果。暮则合乐酒宴，尽欢而散。然宾主秩然，不及于乱。

【注释】
〔1〕娉婷娟好：容貌秀美。
〔2〕既含睇兮又宜笑：含情脉脉，谈笑自然。语出《楚辞·九歌·山鬼》："既含睇兮又宜笑，子慕予兮善窈窕。"
〔3〕《闲情赋》：东晋陶渊明所作。 独旷世而秀群：意思是世间少有，秀美超群。

〔4〕曲房：内房，密室。
〔5〕尊彝：指室内陈列的器皿。
〔6〕楚楚：排列整齐的样子。
〔7〕中构长轩：居住的地方有比较长的走廊。
〔8〕霏拂：香气飘散，轻轻掠过。
〔9〕砚席：砚台、坐席，指文人书案。
〔10〕隃糜：旧时地名，在今陕西千阳，以产墨而著称，这里借指墨。
〔11〕蒻(ruò)：烧。　都梁：即都梁香，一种香料。

【译文】

　　李十娘名湘真，字雪衣。当在她还在母亲腹中的时候，听到琴音歌声，就会跃跃欲试地动弹。出生后容貌秀美，肌肤雪白，眉目含情，谈笑自然，大概就是《闲情赋》所说的"独旷世而秀群"那样的人。她天性爱洁净，能弹琴清唱，略擅文辞，爱结交文人才士。

　　她所居住的内房，帷幕器皿，排列整齐。庭院中建了一条长廊，长廊左侧种了一株梅树，开花时香气弥漫，轻轻掠过靠几卧榻；长廊右侧种了两株梧桐，还有十几根高大的竹子。早晚清洗梧桐，擦拭竹子，植株翠绿秀美。进入内房的人，都怀疑自己身处仙境。

　　我每有朋友间的诗文聚会，一定会在十娘家举办。每位客人配一个上好的婢女侍奉坐席，磨墨焚香，奉茶献果。晚上就奏着乐摆酒席，尽情欢娱后再散去。然而宾客主人秩序井然，没出现混乱的情况。

　　于时流寇讧江北〔1〕，名士渡江侨金陵者甚众，莫不艳羡李十娘也。十娘愈自闭匿，称善病〔2〕，不妆饰，谢宾客。阿母怜惜之，顺适其意，婉语辞逊，弗与通。惟二三知己，则欢情自接，嬉怡忘倦矣〔3〕。

　　后易名"贞美"，刻一印章曰"李十贞美之印"。

余戏之曰："美则有之，贞则未也。"十娘泣曰："君知儿者，何出此言？儿虽风尘贱质，然非好淫荡检者流^[4]，如夏姬^[5]、河间妇也^[6]。苟儿心之所好，虽相庄如宾，情与之洽也；非儿心之所好，虽勉同枕席，不与之合也。儿之不贞，命也，如何！"言已，涕下沾襟。余敛容谢之曰^[7]："吾失言，吾过矣！"

【注释】

〔1〕流寇讧江北：当时张献忠、李自成率领义军在江北一带活动。讧，乱，冲突。

〔2〕善病：多病，容易生病。

〔3〕嬉怡：开心，喜悦。

〔4〕荡检：行为放荡，不守礼法。

〔5〕夏姬：春秋时郑穆公之女。初嫁子蛮为妻，子蛮早死，继嫁陈大夫夏御叔。御叔死，则与陈灵公及大夫孔宁、仪行父私通。

〔6〕河间妇：泛指荡妇。典出唐柳宗元《河间传》："河间，淫妇人也，不欲言其姓，故以邑称。"

〔7〕敛容：收起笑脸，神色庄重。

【译文】

当时李自成等流寇在江北一带作乱，渡江避难、侨居金陵的名士很多，他们没有不爱慕李十娘的。这时十娘更将自己封闭隐匿起来，自称多病，不修饰打扮，谢绝宾客。鸨母怜惜她，顺从她的意愿，委婉辞谢客人，不让他们和十娘结交。只有少数几个知己，十娘才欢快地亲自迎接，在欢笑嬉闹中忘记疲倦。

李十娘后来改名为"贞美"，刻了一枚印章，写着"李十贞美之印"。我开玩笑说："美丽是有的，而贞洁就未必了。"十娘哭着说："您是知道我的，为什么要说这样的话呢？我虽然沦落风尘，资质低贱，但并不是夏姬、河间妇那种行为放荡、不受礼法约束的荡妇。如果是我心仪的人，虽然相处如宾客，但彼此情感还是很融洽的；如果不是我心仪的人，虽然勉强和他同眠，也不与其情意投合。我不贞洁,这是命运,还能怎么样呢!"说完,泪水沾湿衣襟。我收起笑脸,神色庄重地道歉说:"我说话失当,这是我的过错!"

5. 媚 姐

十娘有兄女曰媚姐，十三才有余，白皙，发覆额，眉目如画。余心爱之，媚亦知爱余，娇啼婉转，作掌中舞[1]。十娘曰："吾当为汝媒。"岁壬午[2]，入棘闱[3]。媚日以金钱投琼[4]，卜余中否。及榜发，落第，余乃愤郁成疾，避栖霞山寺[5]，经年不相闻矣[6]。

鼎革后，泰州刺史陈澹仙寓丛桂园[7]，拥一姬，曰姓李。余披帏见之[8]，媚也。各黯然掩袂[9]。问十娘，曰："从良矣。"问其居，曰："在秦淮水阁[10]。"问其家，曰："已废为菜圃。"问："老梅与梧、竹无恙乎？"曰："已摧为薪矣。"问："阿母尚存乎？"曰："死矣。"因赠以诗曰："流落江湖已十年，云鬟犹卜旧金钱。雪衣飞去仙哥老[11]，休抱琵琶过别船[12]。"

【注释】
〔1〕掌中舞：亦作掌上舞，体态轻盈的舞蹈。相传汉成帝之后赵飞燕体态轻盈，能为掌上舞。
〔2〕壬午：即崇祯十五年（1642）。
〔3〕棘闱：又作棘围，科举时的考场。唐、五代试士，以棘围试院

以防作弊，故称。

〔4〕投琼：掷骰子。

〔5〕栖霞山寺：即栖霞寺。始建于南齐永明元年（483），唐代四大名刹之一。在今江苏南京栖霞山中峰西麓。

〔6〕经年：多年。

〔7〕陈澹仙：即陈素，字澹仙，号大淳、天山道人。桐乡（今浙江桐乡）人，崇祯七年（1634）进士。曾官开州知州、泰州知州。明亡后隐居不出。邢昉有诗作《陈澹仙邀集林茂之、张群玉、朱汉生、何篃明、顾与治、余澹心于丛桂园共赋》。

〔8〕披帏：即披帷，拨开帷幕。

〔9〕掩袂：用衣袖拭泪。

〔10〕秦淮水阁：又名秦淮水亭。在今南京淮清桥附近。

〔11〕雪衣：即雪衣女，一种白鹦鹉。典出唐郑处诲《明皇杂录》："天宝中，岭南献白鹦鹉，养之宫中。岁久，颇聪慧，洞晓言词，上及贵妃皆呼为雪衣女。"李十娘字雪衣，此处一语双关，既是在用典，同时又点出李十娘的名字。 仙哥：即天水仙哥，唐时名妓。典出唐孙棨《北里志》："天水仙哥，字绛真。住于南曲中。善谈谑，能歌令，常为席纠，宽猛得所。"

〔12〕抱琵琶：语出唐白居易《琵琶行》："千呼万唤始出来，犹抱琵琶半遮面。"

【译文】

十娘有位侄女叫媚姐，刚满十三岁，皮肤白净，头发盖着额头，容貌秀丽。我内心喜爱她，媚姐也知道喜爱我，她莺声燕语，缠绵多情，会跳掌中舞。十娘说："我要为你做媒。"那年是崇祯十五年，我去参加科举考试。媚姐每天用金钱掷骰子，占卜我是否考中。等到发榜，未被录取，我忧愤抑郁，由此生病，就到栖霞寺避世，多年没和她通过音信。

改朝换代后，泰州刺史陈澹仙在丛桂园寄住，带着一位姬妾，说是姓李。我拨开帷幕一看，原来是媚姐。大家各自伤心，用衣袖拭泪。我问十娘的近况，媚姐回答说："已脱籍从良了。"问其居所，回答说："在秦淮水阁。"问其老家，回答说："已荒废成菜圃。"我又问："那株老梅树与梧桐、竹子还好吗？"回答说：

"早已砍下当柴火了。"我问："老母亲还活着吗?"回答说："也已去世了。"于是赠给她一首诗："流落江湖已十年，云鬟犹卜旧金钱。雪衣飞去仙哥老，休抱琵琶过别船。"

6. 葛 嫩

葛嫩，字蕊芳。余与桐城孙克咸交最善[1]，克咸名临，负文武才略，倚马千言立就[2]，能开五石弓[3]，善左右射。短小精悍，自号"飞将军"[4]。欲投笔磨盾[5]，封狼居胥[6]，又别字曰武公。然好狭邪游，纵酒高歌，其天性。先昵珠市妓王月[7]，月为势家夺去，抑郁不自聊[8]，与余闲坐李十娘家。十娘盛称葛嫩才艺无双，即往访之。阑入卧室[9]，值嫩梳头，长发委地，双腕如藕，面色微黄，眉如远山[10]，瞳人点漆[11]。叫声"请坐"，克咸曰："此温柔乡也，吾老是乡矣[12]！"是夕定情，一月不出，后竟纳之闲房[13]。

【注释】

〔1〕孙克咸：即孙临(1611—1646)，字克咸，又字武公，桐城(今安徽桐城)人。复社成员，后抗清而死。

〔2〕倚马千言立就：形容才思敏捷。典出南朝宋刘义庆《世说新语·文学》："桓宣武北征，袁虎时从，被责免官。会须露布文，唤袁倚马前令作。手不辍笔，俄得七纸，绝可观。"

〔3〕五石：六百市斤。一百二十市斤为一石。

〔4〕飞将军：汉时匈奴对汉名将李广的称呼。汉司马迁《史记·李将军列传》："广居右北平，匈奴闻之，号曰'汉之飞将军'，避之数岁，

不敢入右北平。"

　　〔5〕投笔磨盾：弃文从武。磨盾，即磨盾鼻。在盾牌把手上磨墨草檄。典出《北史·荀济传》："济初与梁武帝布衣交，知梁武当王，然负气不服，谓人曰：'会楯上磨墨作檄文。'"后称在军队做文书工作为"磨盾鼻"。

　　〔6〕封狼居胥：原指汉大将霍去病登狼居山筑坛祭天以告成功之事，后指建立显赫武功。

　　〔7〕王月：明末金陵妓女，后文作者有详细介绍。

　　〔8〕不自聊：郁闷。

　　〔9〕阑入：擅自进入。

　　〔10〕眉如远山：形容女子眉目清秀。典出晋葛洪《西京杂记》："文君姣好，眉色如望远山，脸际常若芙蓉。"

　　〔11〕瞳人点漆：眼睛明亮。典出《晋书·杜乂传》："美姿容，有盛名于江左，王羲之见而目之，曰：'肤若凝脂，眼如点漆，此神仙人也。'"瞳人，瞳仁，瞳孔。

　　〔12〕此温柔乡也，吾老是乡矣：典出汉伶玄《赵飞燕外传》："是夜进合德，帝大悦，以辅属体，无所不靡，谓为温柔乡。语嬺曰：'吾老是乡矣，不能效武皇帝求白云乡也。'"

　　〔13〕闲房：偏房，侧室。

【译文】

　　葛嫩，字蕊芳。我和桐城孙克咸最为要好，孙克咸名叫孙临，具有文才武略，他才思敏捷，又能拉开五石强弓，擅长左右开弓射箭。他身躯短小，精明强悍，号称自己是"飞将军"。他想要弃文从武，建立显赫武功，就又另取了一个字叫武公。然而他喜好冶游狎妓，喝酒唱歌，其天性如此。他先是与珠市妓女王月亲昵，王月后来被有权势的人家夺走，他为此抑郁无聊，和我在李十娘家闲坐着。十娘盛赞葛嫩才艺卓绝，孙克咸当即前去拜访。他擅自进入卧室，正值葛嫩梳理头发，其长发积拖垂在地上，一双手腕如同白藕，面色微微发黄，眉目清秀，眼睛明亮。葛嫩道了声"请坐"，孙克咸就说："这里就是我的温柔乡，我要在这里直到终老！"当晚两人定情，一个月都不外出，后来孙克咸将葛嫩纳为偏房。

　　甲申之变[1]，移家云间[2]。间道入闽，授监中丞杨文骢军事[3]。兵败被执，并缚嫩。主将欲犯之，嫩大骂，嚼舌碎，含血嘤其面[4]，将手刃之。克咸见嫩抗节死[5]，乃大笑曰："孙三今日登仙矣!"亦被杀。中丞父子三人同日殉难[6]。

【注释】

　　[1]甲申之变：甲申年即崇祯十七年(1644)，这一年李自成率义军攻进北京，崇祯皇帝自尽，明王朝结束。

　　[2]云间：松江府的别称。在今上海松江一带。

　　[3]授监：担任监军。　中丞：明清时期对巡抚的称呼。　杨文骢(1597—1645)：字龙友。贵阳(今贵州贵阳)人。万历四十六年(1618)举人，曾任江宁知县。后抗清而死。工山水画，能书擅文。

　　[4]嘤(xùn)：喷，吐。

　　[5]抗节：坚守节操。

　　[6]后来后星堂主人将葛嫩事迹改编成戏曲《温柔乡》，卷首节录《板桥杂记》后，星堂主人还写有一段跋语，将葛嫩与王月进行对比："余尝读《板桥杂记》，未尝不三复其意，而窃怪澹心写葛嫩何其淡漠若此，而写王月又何其绚烂若彼也。及细味之，方知其淡漠者，皆其最经意之处；其绚烂者，皆其最不经意之处耳。故余题之曰：诸姬之中，惟葛嫩为第一，非徒高其殉节之难，亦深嘉其盛名之不显也。试起澹心于九泉，当必含笑而以予为知言。"

【译文】

　　甲申之变后，孙克咸将家搬到松江府。其后又从偏僻的小路进入闽地，被任命为杨文骢巡抚的监军。兵败后孙克咸被捕，敌军也将葛嫩一起捆住。敌军主将想要侵犯她，葛嫩大声骂敌，嚼碎舌头，口含鲜血喷在其脸上，主将亲手杀掉了她。孙克咸看到葛嫩守节而死，大笑道："我孙三今天要飞升成仙了!"随后也被杀掉。中丞杨文骢父子三人在同一天为国殉难。

7. 李大娘

李大娘，一名小大，字宛君。性豪侈[1]，女子也而有须眉丈夫之气。所居台榭庭室，极其华丽，侍儿曳罗縠者十余人[2]。置酒高会[3]，则合弹琵琶、筝，或狎客沈元、张卯、张奎数辈[4]，吹洞箫、笙管，唱时曲。酒半，打十番鼓[5]。曜灵西匿[6]，继以华灯，罗帏从风，不知喔喔鸡鸣，东方既白矣。大娘尝言曰："世有游闲公子、聪俊儿郎，至吾家者，未有不荡志迷魂、沉溺不返者也。然吾亦自逞豪奢，岂效龊龊倚门市娼，与人较钱帛哉！"以此，得"侠妓"声于莫愁、桃叶间[7]。

【注释】

〔1〕豪侈：指性格豪放，不拘小节。

〔2〕罗縠(hú)：一种疏细的丝织品。

〔3〕高会：盛宴，盛会。

〔4〕狎客：陪伴权贵游乐的清客、帮闲。

〔5〕十番鼓：一种器乐合奏名。演奏时轮番使用鼓、笛、木鱼等十种乐器，故名。清李斗《扬州画舫录》："是乐不用小锣、金锣、铙钹、号筒，只用笛、管、箫、弦、提琴、云锣、汤锣、木鱼、檀板、大鼓十种，故名十番鼓。番者，更番之谓。"

〔6〕曜灵：太阳。屈原《楚辞·天问》："角宿未旦，曜灵安藏？"

〔7〕莫愁、桃叶：指莫愁湖、桃叶渡。这里泛指当时金陵城内秦淮

河一带。作者《咏怀古迹·莫愁湖》诗序："在石头城西，广可二顷。土人多植菱芡，香达数里。"

【译文】

　　李大娘，又名李小大，字宛君。性格豪放，不拘小节，身为女子却有男儿豪气。她所住的房屋，极其奢华美丽，衣着华丽的侍从就有十多个。摆酒开宴时，就合奏琵琶、筝，或者沈元、张卯、张奎等陪伴权贵游乐的清客们，共同吹奏洞箫、笙管，演唱时兴曲目。酒至数巡，就开始打"十番鼓"。太阳西下，就点亮彩灯继续，罗帐随风摆动，不知不觉间公鸡鸣叫，东方天亮。李大娘曾说："世上那些优游闲暇的公子、聪明俊俏的儿郎，凡是到我家的，没有不神魂颠倒、流连忘返的。然而我也自负奢华，哪里会像那些寒酸倚门的市娼，跟人家计较钱财呢！"因此，她在秦淮河一带获得了"侠妓"之名。

　　后归新安吴天行[1]（或云吴大年）。天行钜富，赀产百万，体羸，素善病，后房丽姝甚众，疲于奔命。大娘郁郁不乐。曩所欢胥生者[2]，赂仆婢，通音耗。渐托疾，客荐胥生能医，生得入见大娘。大娘以金珠银贝纳药笼中，挈以出，与生订终身约。后天行死，卒归胥生。

　　胥生本贫士，家徒四壁立，获吴氏资，渐殷富，与大娘饮酒食肉相娱乐，教女娃数人歌舞。生复以乐死。大娘老矣，流落闤闠[3]，仍以教女娃歌舞为活。余犹及见之，徐娘虽老，尚有风情[4]，话念旧游，潸然出涕[5]，真如华清宫女说开元、天宝遗事也。昔杜牧之于洛阳城东重睹张好好[6]，感旧伤怀，题诗以赠，末云："朋游今在否，落拓更能无。门馆恸哭后，水云秋景初。

斜日挂衰柳，凉风生座隅。洒尽满衿泪，短歌聊一书。"〔7〕正为今日而说。余即书于素扇以诒之〔8〕，大娘捧扇而泣，或据床以哦，哀动邻壁。〔9〕

【注释】

〔1〕新安：今安徽歙县。　吴天行：明末富商。清施闰章有诗作《集吴天行钓雪堂》。

〔2〕曩（nǎng）：从前，先前。

〔3〕阛阓（huán huì）：街市，街头，这里指民间。

〔4〕徐娘虽老，尚有风情：语出《南史·后妃传》："徐娘虽老，犹尚多情。"作者《踏莎行·小饮飞来峰下萧九娘酒垆》："徐娘虽老尚多情，当年留下伤心句。"徐娘，原指梁元帝萧绎妃徐氏，后泛指年长而犹有风韵的女子。

〔5〕潸然：流泪的样子。

〔6〕张好好：唐代歌妓。貌美，善歌。

〔7〕"朋游今在否"一段：诗出唐杜牧《张好好诗》，其序云："牧大和三年，佐故吏部沈公江西幕，好好年十三，始以善歌来乐籍中。后一岁，公移镇宣城，复置好好于宣城籍中。后二岁，为沈著作述师以双鬟纳之。后二岁，于洛阳东城重睹好好，感旧伤怀，故题诗赠之。"凉风生座隅，语出南朝宋颜延之《秋胡诗》："岁暮临空房，凉风起座隅。"座隅，座位的旁边。

〔8〕诒（yí）：赠送。

〔9〕李大娘在当时颇有盛名，清杜濬《初闻灯船鼓吹歌》曾为其赞叹："绝艺于今谁做主？李小大歌张卯鼓。"冒辟疆对李大娘也很熟悉，其《和书云先生己巳夏寓桃叶渡口即事感怀原韵》诗序中专门提及，可为本文之补充："余之淹留，大约在寒秀斋某楼为久。寒秀斋，李小大读书处。李小大之名，直接湘兰。定生访之，屡送千七百金，犹未轻晤，其人可知也。崇祯初，已归大商吴，曲中盛名，大家必推李氏。"另据清徐釚《本事诗》记载："小大国变后为女道士，名净持。"

【译文】

后来，李大娘嫁给新安的吴天行（也有人说是吴大年）。吴天行非常富有，资产百万，但身体羸弱，向来多病，其后院佳丽众多，疲于应付。李大娘为此闷闷不乐。这时从前的相好胥生贿赂仆人，与她互通音信。李大娘渐渐借口生病，有人就推荐说胥生能治，胥生由此得以进入吴家去见大娘。大娘把金银财宝放到药笼里，让胥生带出来，李大娘和胥生定下婚约。后来吴天行去世，大娘终于嫁给胥生。

胥生原本是贫寒士人，家徒四壁，得到吴家的财产后，逐渐富了起来，他和李大娘以饮酒吃肉的方式互相取乐，教导几个女孩子唱歌跳舞。后来胥生又因过度取乐去世。李大娘也已年老，流落民间，她仍然以教女孩子歌舞为生。我后来还见到了她，虽然年纪已老，但风韵犹存，谈话间念及旧日的交游，潸然泪下，真像当时华清宫的宫女在谈论开元、天宝年间的旧事。当年杜牧在洛阳城东重新见到张好好，感念旧情，内心哀伤，就写了一首诗赠给她，末篇写道："朋游今在否，落拓更能无。门馆恸哭后，水云秋景初。斜日挂衰柳，凉风生座隅。洒尽满衿泪，短歌聊一书。"这正是为今天的事情而说的。我当即把这首诗写在白色的扇子上，送给大娘，大娘捧着扇子哭泣，有时倚着床吟诵，哀婉之情感动了邻居。

8. 顾　媚

顾媚[1]，字眉生，又名眉。庄妍靓雅，风度超群。鬓发如云，桃花满面，弓弯纤小[2]，腰肢轻亚。通文史，善画兰，追步马守贞[3]，而姿容胜之，时人推为南曲第一。

家有眉楼[4]，绮窗绣帘，牙签玉轴[5]，堆列几案；瑶琴锦瑟，陈设左右。香烟缭绕，檐马丁当[6]。余尝戏之曰："此非眉楼，乃迷楼也[7]。"人遂以"迷楼"称之。当是时，江南侈靡，文酒之宴[8]，红妆与乌巾、紫裘相间[9]，座无眉娘不乐。而尤艳顾家厨食，品差拟郇公[10]、李太尉[11]，以故设筵眉楼者无虚日。

【注释】

〔1〕顾媚(1619—1664)：又名眉，字眉生，一字智珠，号眉庄。上元(今江苏南京)人。明末清初金陵名妓，为秦淮八艳之一。著有《柳花阁集》。

〔2〕弓弯：旧时女子裹缠如弓形的小脚。

〔3〕追步：跟上，效仿。　马守贞：即马湘兰。

〔4〕眉楼：原址在今南京桃叶渡附近，今已不存。

〔5〕牙签玉轴：书籍字画。牙签，用牙骨等制成的签牌，系在书卷上作标识，便于翻检。后常用以代指书籍。玉轴，卷轴，借指珍美的图

书字画。

〔6〕檐马丁当：挂在屋檐下的风铃叮当作响。

〔7〕迷楼：隋炀帝所建楼名。故址在今江苏扬州西北。唐冯贽《南部烟花记·迷楼》："迷楼凡役夫数万，经岁而成。楼阁高下，轩窗掩映，幽房曲室，玉栏朱楯，互相连属。帝大喜，顾左右曰：'使真仙游其中，亦当自迷也。'故云。"后世常以迷楼代称妓院。

〔8〕文酒：饮酒赋诗。

〔9〕红妆：女子的盛装。　乌巾：即乌角巾，黑头巾。多为隐居不仕者所戴之帽。　紫裘：名贵的衣服。

〔10〕郇公：即韦陟（697—761），字殷卿，京兆万年（今陕西西安）人。历任吏部郎中、中书舍人、吏部侍郎，官至吏部尚书，承袭郇国公。性喜奢靡，对肴馔十分讲究。

〔11〕李太尉：即李德裕（787—850），字文饶，小字台郎，赞皇（今河北赞皇）人。历任校书郎、监察御史、兵部尚书、淮南节度使等，被拜太尉，封卫国公。著有《次柳氏旧闻》等。李德裕出身豪门，生活奢靡。据唐李冗《独异志》记载，李德裕"每食一杯羹，费钱约三万。杂宝贝、珠玉、雄黄、朱砂煎汁为之，至三煎，即弃其滓于沟中"。

【译文】

顾媚，字眉生，又名顾眉。相貌秀美文雅，风度超人。其秀发如云，面容像桃花一样明艳美丽，弓足小巧玲珑，腰肢轻柔纤细。她通晓文史，擅长绘兰花，追随马湘兰，但姿态容貌要胜过她，当时人推举她为南曲名妓第一。

顾媚家有一座眉楼，窗户雕饰精美，帘幕绣纹精致，书籍字画陈列在桌子上，瑶琴锦瑟摆放左右。香烟在室内缭绕，挂在屋檐下的风铃叮当作响。我曾开玩笑说："这不是眉楼，而是'迷楼'啊。"人们于是就用"迷楼"来称呼这座楼。在当时，江南流行奢侈靡费的风气，饮酒赋诗的宴会上，盛装打扮的女子、头戴乌巾的隐士、身着华服的贵人杂坐其间，坐席中如果没有眉娘，就不会感到快乐。顾家烹制的美食尤为惊艳，品质可以比拟当年郇公、李太尉家的佳肴，因此每天都有人在眉楼摆酒设宴。

然艳之者虽多，妒之者亦不少。适浙东一伧父，与一词客争宠〔1〕，合江右某孝廉互谋〔2〕，使酒骂座〔3〕，讼之仪司〔4〕，诬以盗匿金犀酒器〔5〕，意在逮辱眉娘也。余时义愤填膺，作檄讨罪，有云："某某本非风流佳客，谬称浪子〔6〕、端王〔7〕，以文鸳彩凤之区〔8〕，排封豕长蛇之阵〔9〕；用诱秦诓楚之计〔10〕，作摧兰折玉之谋〔11〕。种风世之孽冤，煞一时之风景。"云云。伧父之叔为南少司马，见檄，斥伧父东归，讼乃解。眉娘甚德余，于桐城方瞿庵堂中〔12〕，愿登场演剧为余寿。从此摧幢息机〔13〕，矢脱风尘矣〔14〕。

【注释】

〔1〕词客：擅长文词者。据孟森考据，这位词客当为刘芳，参见其《横波夫人考》。其所据为吴德旋《闻见录》："（刘芳）与妓顾横波约为夫妇。横波后背约，而芳以情死。"刘芳，字墨仙。嘉善（今浙江嘉善）人，著有《清唤斋遗稿》。《柳洲词选》谓其"崇祯辛巳廪例入南，留滞秦淮，与一校书缱绻，病疽没于萧寺，青楼为之治丧，有柳七郎遗风焉。"可与本文相印证。

〔2〕孝廉：举人的别称。

〔3〕使酒骂座：在酒宴上借酒使性、辱骂同席之人。

〔4〕仪司：司法机构。

〔5〕金犀：黄金、犀牛角。

〔6〕浪子：即李邦彦（？—1130），怀州（今河南沁阳）人。字士美。善词曲，能蹴鞠，人称"李浪子"，做官时被人称为"浪子宰相"。

〔7〕端王：即宋徽宗赵佶（1082—1135），其即位前为端王。

〔8〕文鸳彩凤：鸳鸯、凤凰。宋毛滂《踏莎行·陈兴宗夜集，俾爱姬出幕》："夭桃繁杏本妖妍，文鸳彩凤能偎傍。"

〔9〕封豕长蛇：大猪、长蛇。比喻贪暴者。语出《左传》："吴为封豕长蛇，以荐食上国，虐始于楚。"

〔10〕诱秦诓楚：战国时张仪劝秦以连衡破合纵，以诡诈手段欺骗楚国背齐向秦，这里指挑拨离间。

〔11〕摧兰折玉：毁坏兰花，折断美玉。比喻摧残伤害女子。

〔12〕方瞿庵：即方应乾（1590—1663），原名若范，字时生，号瞿庵、水厓。恩贡生。著有《芙蓉近艺》。

〔13〕摧幢息机：闭门谢客，隐藏行迹。

〔14〕矢：发誓。

【译文】

然而艳羡眉娘的人固然很多，但妒忌她的人也并不少。当时浙东有个粗鄙的家伙，和一位擅长文词者争夺眉娘的喜爱，他联合江右某位孝廉一起谋划，在酒宴上借酒使性，辱骂同席之人，并向司法机构告状，污蔑词客盗窃藏匿珍贵的酒器，意图拘捕羞辱眉娘。我当时义愤填膺，写了一篇檄文声讨其罪，文中写道："某人本来就不是什么风流雅士，却荒谬地称自己为李邦彦、宋徽宗一类人，在这个风雅华美的地方，却排下贪婪害人的阵势；用奸诈挑拨诡计，行残害美人之谋。种下极深的怨恨，损坏美好的景象。"诸如此类。那个粗鄙家伙的叔父时任南京兵部侍郎，看到我的檄文后，斥责他并让他回家，这场官司这才解决。眉娘十分感激我，在桐城人方瞿庵家中愿登台演戏为我祝寿。从此，她闭门谢客，隐藏行迹，发誓脱离风尘生活。

未几，归合肥龚尚书芝麓[1]。尚书雄豪盖代，视金玉如泥沙粪土，得眉娘佐之，益轻财好客，怜才下士，名誉盛于往时。客有求尚书诗文及乞画兰者，缣笺动盈箧笥[2]，画款所书"横波夫人"者也[3]。

岁丁酉[4]，尚书挈夫人重过金陵，寓市隐园中林堂[5]。值夫人生辰，张灯开宴，请召宾客数十百辈，命老梨园郭长春等演剧，酒客丁继之、张燕筑及二王郎（中翰王式之、水部王恒之）[6]，串《王母瑶池宴》[7]。夫人垂珠帘，召旧日同居南曲呼姊妹行者与燕，李大娘、十娘、王节娘皆在焉。时尚书门人楚严某[8]，赴浙监司任[9]，逗遛居樽下[10]，褰帘长跪[11]，捧卮称[12]："贱子上寿!"坐者皆离席伏。夫人欣然为罄三爵，尚书意甚得也。余与吴园次[13]、邓孝威作长歌纪其事[14]。

【注释】

〔1〕合肥龚尚书芝麓：即龚鼎孳(1615—1673)，字孝升，号芝麓，合肥(今安徽合肥)人。明崇祯七年(1634)进士，官兵科给事中。后降清，历官左都御史、礼部尚书。为人放旷，洽闻博学，工古文诗词，与吴伟业、钱谦益齐名，人称江左三大家，著有《定山堂集》。作者与其有交往，写有《沁园春·寄怀龚芝麓尚书，即用和陈其年韵》等。

〔2〕缣笺：写在丝绢上的信札。　箧笥：装东西的器物。

〔3〕横波夫人：顾媚嫁给龚鼎孳后，改姓徐，名横波，故有此称。

〔4〕丁酉：顺治十四年(1657)。

〔5〕市隐园：在今南京长乐路大油坊巷内，为明人姚元白所建。明顾起元《客座赘语》："市隐园在武定桥油坊巷，即姚元白所创者。"清金鳌《金陵待征录》："鼎革后，龚鼎孳挈眉娘居此。"　中林堂：市隐园内的一处建筑。明王世贞《游金陵诸园记》："桥尽，得平屋五楹，中三楹所谓中林堂者也。"

〔6〕丁继之：原名丁胤(1585—约1675)，南京人。明末清客，善演戏，与钱谦益、王士禛、周亮工等有交往。作者后文有介绍。　张燕筑：南京人，善演戏。作者后文有介绍。　中翰王式之：王民，字式之，江宁(今江苏南京)人。官中书舍人。工书，善歌。中翰，明清时期内阁中书的别称。　水部王恒之：此人待考。宋征舆(1618—1667)有诗《赠金陵王恒之》，可见这位王恒之为金陵人。龚鼎孳亦有诗作《送王恒之归白门》。水部，魏置水部郎，晋设水部曹郎，隋唐至宋均以水部为工部四司之一，明清时期改为都水司，属工部，掌管水道事务。

〔7〕《王母瑶池宴》：内容当为王母瑶池开蟠桃会、宴请众仙故事。此类剧目自宋元以来较为流行，多在喜庆、祝寿中演出。

〔8〕楚严某：即严正矩，字方公，孝感(今湖北孝感)人。崇祯九年(1636)进士。后降清，历任杭州知府、户部左侍郎。著有《涉园集》等。

〔9〕监司：负有监察之责的官吏。

〔10〕逗遛：同"逗留"。　居樽下：坐在下座。表示恭敬之意。典

出《汉书·游侠传·楼护》："（王邑）请召宾客，邑居樽下，称贱子上寿，坐者数百皆离席伏。""樽下"或为酒席中谦下之座位。

〔11〕褰(qiān)帘：撩开帘子。

〔12〕卮(zhī)：酒杯。

〔13〕吴园次：即吴绮（1619—1694），字园次，号红豆词人。江都（今江苏扬州）人。顺治十一年（1654）贡生，官至湖州知府。能词擅曲，著有《林蕙堂集》《扬州鼓吹词》《岭南风物记》等，剧作有《啸秋风》《绣平原》《忠愍记》等。作者与其有较多交往，写有《满江红·祝园次五十》《念奴娇·寿园次》《巫山一段云·雨中简园次虎丘》等。吴绮为作者的《板桥杂记》做校对。

〔14〕邓孝威：即邓汉仪（1617—1689），字孝威，号旧山，泰州（今江苏泰州）人。康熙间以布衣荐举博学鸿儒，授内阁中书。工诗，著有《淮阴集》《官梅集》《过岭集》等。

【译文】

　　不久，顾媚就嫁给了龚芝麓尚书。龚尚书英气豪迈盖世，视金银财富如泥沙粪土，得到眉娘的辅佐后，他更加轻视钱财，爱惜人才，屈身结交，声名比过去还要大。当时向龚尚书索求诗文与兰花图的人很多，信札动辄装满箱子，那些落款为"横波夫人"的画作就出自顾媚之手。

　　顺治十四年，龚尚书携夫人顾媚又到金陵，寄居在市隐园里的中林堂。当时正值顾媚生日，全府挂上灯笼，摆开酒席，邀请数十上百位宾客，让老艺人郭长春等演戏，参加酒宴的客人丁继之、张燕筑、王式之、王恒之串演《王母瑶池宴》。眉娘垂下珠帘，请从前同在南曲的姐妹们来参加宴会，李大娘、十娘、王节娘等人都来了。当时龚尚书的门人严正矩准备前往浙江任监司，他在这里停留，坐在下座，只见他撩开帘子，直身而跪，捧着酒杯说："贱子上寿！"坐在席上的客人都离开座位跪拜。顾媚愉快地喝完三杯酒，龚尚书感到很开心。我和吴园次、邓孝威也都写了长篇诗歌记录这件事。

　　嗣后，还京师，以病死。敛时，现老僧相。吊者车数百乘，备极哀荣。改姓徐氏，世又称徐夫人。尚书有《白门柳》传奇行于世[1]。

顾眉生既属龚芝麓，百计祈嗣，而卒无子，甚至雕异香木为男，四肢俱动，锦绷绣褓，顾乳母开怀哺之，保母寨襟作便溺状，内外通称"小相公"，龚亦不之禁也。时龚以奉常寓湖上[2]，杭人目为"人妖"。后龚竟以顾为亚妻。元配童氏，明两封孺人[3]。龚入仕本朝，历官大宗伯[4]。童夫人高尚，居合肥，不肯随宦京师，且曰："我经两受明封，以后本朝恩典，让顾太太可也。"顾遂专宠受封。呜呼！童夫人贤节过须眉男子多矣！[5]

【注释】

〔1〕《白门柳》传奇：当为演述顾媚平生事迹的一个剧目，现已佚。

〔2〕奉常：秦九卿之，西汉时更名为太常一。龚鼎孳顺治二年（1645）任太常寺少卿，故有此称。

〔3〕孺人：旧时大夫妻子的称呼，明清时为七品官的母亲或妻子的封号。

〔4〕大宗伯：古周官名，掌邦国祭祀、典礼等事，明清称礼部尚书为大宗伯。

〔5〕此一段为底本所无，据《说铃》本补。

【译文】

随后，他们又回到京城，顾媚因病去世。入殓时显出老僧的模样。当时吊唁的马车有几百辆，哀荣隆重。顾媚曾改姓徐，世人又称其为徐夫人。龚尚书写有一部《白门柳》传奇在世上流传。

顾媚嫁给龚芝麓后，想尽各种方法祈求子嗣，但最终也没要到孩子，她甚至把散发异香的木头雕成男婴的模样，四肢都可以活动，用华美的包被包裹着，顾媚让乳母解开衣服给它喂奶，让保姆揭起它的衣襟做出把尿的样子，里外都称呼它为"小相公"，龚尚书也不制止。当时龚芝麓在杭州做太常寺少卿，当地人把这个木头男婴看作"人妖"。后来龚芝麓就把顾媚娶为第二夫人。他的原配童氏在有明一朝两次获封孺人。龚芝麓在清朝做官后，历任礼部尚书。童夫人志行高洁，住在合肥，不肯跟随丈夫去京城做官，并且说："我两次受到明朝的封赏，以后新朝的恩赐就让给顾太太吧。"顾媚于是得以独占宠爱，受到封赏。唉！童夫人的贤惠和节操远远超过男子啊！

9. 董　白

　　董白[1]，字小宛，一字青莲。天姿巧慧，容貌娟妍。七八岁时，阿母教以书翰[2]，辄了了[3]。稍长，顾影自怜[4]，针神曲圣[5]、食谱茶经，莫不精晓。性爱闲静，遇幽林远涧、片石孤云，则恋恋不忍舍去。至男女杂坐，歌吹喧阗，心厌色沮，意弗屑也。慕吴门山水[6]，徙居半塘[7]，小筑河滨，竹篱茅舍。经其户者，则时闻歌诗声或鼓琴声，皆曰："此中有人。"已而，扁舟游西子湖，登黄山，礼白岳[8]，仍归吴门。丧母，抱病，画楼以居。

【注释】
　　[1]董白（1624—1651）：字小宛，又字青莲。金陵（今江苏南京）人。明末清初金陵名妓，为秦淮八艳之一。
　　[2]书翰：文字，书信。
　　[3]了了：清楚，明白。
　　[4]顾影自怜：看着自己的影子也觉得可爱，自矜其美，自我欣赏。语出南朝梁张率《绣赋》："顾影自媚，窥镜自怜。"
　　[5]针神：典出晋王嘉《拾遗记》："文帝所爱美人，姓薛名灵芸。……改灵芸之名曰夜来。……夜来妙于针工，虽处于深帷之内，不用灯烛之光，裁制立成。非夜来缝制，帝则不服。宫中号为'针神'也。"后以针神称针线活特别精巧的女子，这里泛指针线活。　曲圣：这

里指唱曲。

〔6〕吴门：苏州。

〔7〕半塘：在今江苏苏州阊门外山塘街，长七里，其一半处称半塘。作者有诗作《过半塘访姚仙期值往云间未遇》。

〔8〕白岳：即齐云山，在今安徽休宁县西，为中国四大道教名山之一，古称白岳。

【译文】

　　董白，字小宛，又字青莲。天性灵巧聪慧，容貌美丽。七八岁时，母亲教她认字读书，很快就学会了。年纪稍大自矜美丽，针线、唱曲、烹饪、茶艺，无不精通。她生性喜爱安闲宁静，遇到幽深的丛林、辽远的溪水、一片石、一朵云，就十分依恋，不忍舍弃离去。对于酒席间男女混坐，歌声喧闹，她会内心厌烦，神情沮丧，心中感到不屑。她喜爱苏州一带的山水，就迁居到半塘，在河边建了一座小巧雅致的房舍，简约朴素。从她门前经过的人时常听到唱诗或弹琴的声音，都说："这里有位不凡的人物。"不久，她乘着一叶小舟游览西湖，登黄山，拜白岳，之后仍旧回到苏州。母亲去世后，她患病在家，住在雕饰华丽的楼房里。

　　随如皋冒辟疆过惠山〔1〕，历澄江、荆溪〔2〕，抵京口〔3〕，陟金山绝顶〔4〕，观大江竞渡以归。后卒归辟疆为侧室，事辟疆九年，年二十七，以劳瘵死。辟疆作《影梅庵忆语》二千四百言哭之，同人哀辞甚多，惟吴梅村宫尹十绝句〔5〕，可传小宛也。

　　存其四首云：

　　　　珍珠无价玉无瑕，小字贪看问妾家。
　　　　寻到白堤呼出见〔6〕，月明残雪映梅花。

又云：

念家山破定风波^{〔7〕}，郎按新词妾按歌。

恨杀南朝阮司马^{〔8〕}，累侬夫婿病愁多。

又云：

乱梳云髻下妆楼，尽室仓皇过渡头。

钿盒金钗浑抛却，高家兵马在扬州^{〔9〕}。

又云：

江城细雨碧桃村，寒食东风杜宇魂^{〔10〕}。

欲吊薛涛怜梦断^{〔11〕}，墓门深更阻侯门。

【注释】

〔1〕如皋冒辟疆：即冒襄（1611—1693），字辟疆，号巢民，如皋（今江苏如皋）人。少有俊才，喜交结文士。入清不仕，终身布衣，以著述自娱。工诗，著有《水绘园诗文集》《扑巢诗文集》等。作者与其有交往，写有《浣溪沙·寄冒辟疆》《冒巢民先生七十寿序》《跋冒巢民寒食哀怅诗》等。 惠山：在今江苏无锡西，以产泉水而闻名。

〔2〕澄江：即澄江河，在今江苏江阴北。 荆溪：从江苏高淳流经溧阳、宜兴的一条河流。

〔3〕京口：今江苏镇江。

〔4〕金山：在今江苏镇江西北。

〔5〕吴梅村宫尹：即吴伟业（1609—1672），字骏公，号梅村。太仓（今江苏太仓）人。崇祯四年（1631）进士，授翰林院编修、东宫讲读官、南京国子监司业等。入清后任国子监祭酒。与钱谦益、龚鼎孳并称江左三大家。著有《梅村家藏稿》《梅村诗余》《秣陵春》《临春阁》《通天

台》等。作者与其有交往，有诗作《吴郡五君咏·吴宫尹骏公》等。宫尹，太子詹事。吴伟业曾官少詹事，故有此称。 十绝句：包括《题冒辟疆名姬董白小象八首并序》《又题董君画扇二首》。

〔6〕白堤：吴伟业原诗注云："余向赠诗有'今年明月长洲白'之句，白堤即其家也。"

〔7〕念家山破定风波：指《念家山破》《定风波》，皆为词牌名。

〔8〕南朝：南明王朝。 阮司马：即阮大铖（1587—1646），字集之，号圆海、石巢、百子山樵。怀宁（今安徽怀宁）人。万历四十四年（1616年）进士，因依附魏忠贤阉党，为士林所不齿。南明时官兵部尚书、右副都御史，后降清。精通戏曲，著有《燕子笺》《春灯谜》《双金榜》《牟尼合》等。

〔9〕高家兵马在扬州：指当时高杰所率领的军队在扬州烧杀抢掠。

〔10〕寒食：传统节日名。在清明前一日或二日。 杜宇：杜鹃。相传为古蜀王杜宇之魂所化。春末夏初，常昼夜啼鸣，其声悲切。

〔11〕薛涛：字洪度，长安（今陕西西安）人。唐代歌妓。容貌美艳，多才艺，善歌舞，工诗词，与当时诗人元稹、白居易、刘禹锡、杜牧等都有交往。著有《锦江集》。

【译文】

　　董小宛后来跟随如皋人冒辟疆前往惠山，经过澄江、荆溪，到京口，登上金山最高峰，观赏大江上的划船比赛后返程。后来最终嫁给冒辟疆做侧室，侍奉冒辟疆九年，二十七岁那年因过度劳累而逝。董小宛去世时，冒辟疆为其写下二千四百字的《影梅庵忆语》来悼念她，同时代的人也写了很多哀悼文章，只有吴梅村的十首绝句，可为董小宛传神写照。

　　在此存录其中四首："珍珠无价玉无瑕，小字贪看问妾家。寻到白堤呼出见，月明残雪映梅花。"又云："念家山破定风波，郎按新词妾按歌。恨杀南朝阮司马，累侬夫婿病愁多。"又有："乱梳云髻下妆楼，尽室仓皇过渡头。钿盒金钗浑抛却，高家兵马在扬州。"又云："江城细雨碧桃村，寒食东风杜宇魂。欲吊薛涛怜梦断，墓门深更阻侯门。"

10. 卞 赛

卞赛[1]，一曰赛赛，后为女道士，自称玉京道人。知书，工小楷，善画兰、鼓琴。喜作风枝袅娜，一落笔，画十余纸。

年十八，游吴门，侨居虎丘[2]。湘帘棐几[3]，地无纤尘。见客，初不甚酬对；若遇佳宾，则谐谑间作，谈辞如云，一座倾倒。寻归秦淮，遇乱，复游吴。梅村学士作《听女道士卞玉京弹琴歌》赠之，中所云"昨夜城头吹筚篥[4]，教坊也被传呼急。碧玉班中怕点留[5]，乐营门外卢家泣[6]。私更妆束出江边，恰遇丹阳下渚船[7]。剪就黄绦贪入道[8]，携来绿绮诉婵娟"者[9]，正此时也。

【注释】

〔1〕卞赛：一名赛赛，字云庄。明末清初金陵名妓。曾题自画小幅："沙鸥同住水云乡，不记荷花几度香。颇怪麻姑太多事，犹知人世有沧桑。"过人的才艺与传奇的经历使卞赛成为当时文人争相吟咏的对象。在众多诗作中，以吴梅村的《听女道士卞玉京弹琴歌》流传最广，影响也最大，其中对其生平事迹也讲得颇为详细，可以参看。

〔2〕虎丘：在今江苏苏州西北。相传春秋时吴王阖闾葬于此，有虎丘塔、云岩寺、剑池、千人石等名胜古迹。作者写有《始登虎丘》《舟

泊虎丘晤周子静》《虎丘十咏》等诗作。

　　〔3〕棐几(fěi jī)：用棐木做的几桌。这里泛指几桌。

　　〔4〕筚篥(bì lì)：即觱篥。一种管乐器，多用于军中。

　　〔5〕碧玉：年轻貌美的婢妾或小家女子。　点留：点名留下。

　　〔6〕乐营：旧时官妓的坊署。　卢家：卢家之女，相传为三国魏武帝时宫女，善鼓琴。泛指善奏乐器的女子。

　　〔7〕丹阳：今江苏丹阳。　下渚船：开往下游的船只。

　　〔8〕黄绝(shī)：黄色的粗绸，这里指道家的装束。

　　〔9〕绿绮：汉代司马相如的琴名，这里代指琴。

【译文】

　　卞赛，又名赛赛，后来做女道士，自称玉京道人。她通晓诗书，擅长小楷，善于画兰、弹琴。她喜欢画风中摇曳的树枝，一下笔，就会画十多张。

　　十八岁时，她游览苏州，寄居虎丘。住处垂挂着竹帘，摆设着棐木桌，室内一尘不染。她接待客人，起初不怎么应酬；但如果遇到贵宾，偶或也会诙谐逗趣，谈话时言辞如飞云般奔涌而出，全场的人都为之倾倒。不久，她回到秦淮，遭遇战乱，就再游览苏州。吴梅村写下《听女道士卞玉京弹琴歌》送给她，里面所说的"昨夜城头吹筚篥，教坊也被传呼急。碧玉班中怕点留，乐营门外卢家泣。私更妆束出江边，恰遇丹阳下渚船。剪就黄绝贪入道，携来绿绮诉婵娟"，说的就是她这个时期的事情。

　　在吴作道人装，然亦间有所主。侍儿柔柔，承奉砚席如弟子，指挥如意，亦静好女子也。逾两年，渡浙江，归于东中一诸侯[1]。不得意，进柔柔，当夕乞身下发[2]。复归吴，依良医郑保御[3]，筑别馆以居[4]。长斋绣佛，持戒律甚严，刺舌血书《法华经》，以报保御。又十余年而卒，葬于惠山祇陀庵锦树林[5]。

【注释】

〔1〕东中：会稽的别称。　一诸侯：当指郑应皋，字允生，号慈卫。顺治四年(1647)进士。曾任建德县令、户部主事。

〔2〕乞身：请求辞去。　下发：剃发。

〔3〕郑保御：即郑钦谕(1586—1622)，字三山，号初晓道人。吴县(今属江苏苏州)人。世代行医，医术高超。

〔4〕别馆：别墅。

〔5〕祇(qí)陀庵：即祇陀寺，始建于南朝梁武帝大同二年(536)。在今江苏无锡。

【译文】

卞赛在苏州的时候穿道士装，然而偶尔也会接客。她的侍儿柔柔就像徒弟那样在身边侍奉学习，安排使唤合乎心意，也是一位安静和美的女子。过了两年，卞赛前往浙江，嫁给会稽的一位地方长官。但相处不如意，卞赛就向他进献柔柔，当晚请求辞去，剃去长发。她又回到苏州，依托良医郑保御生活，郑保御为她建了一所别墅居住。她长期斋戒，用彩线绣织佛像，十分严格地遵守戒律，她曾刺破舌头取血，书写《法华经》来报答郑保御。又过了十多年，卞赛去世，葬在惠山祇陀庵的锦树林中。

11. 卞 敏

玉京有妹曰敏，颀而白如玉肪[1]，风情绰约，人见之，如立水晶屏也。亦善画兰、鼓琴，对客为鼓一，再行即推琴敛手，面发赪色[2]。画兰，亦止写筱竹枝[3]、兰草二三朵，不似玉京之纵横枝叶、淋漓墨瀋也[4]，然一以多见长，一以少为贵，各极其妙，识者并珍之。携来吴门，一时争艳，户外屦恒满。乃心厌市嚣，归申进士维久[5]。

维久，宰相孙，性豪举，好宾客，诗文名海内，海内贤豪多与之游，得敏，益自喜，为闺中良友。亡何[6]，维久病且殁，家中替[7]。敏复嫁一贵官颍川氏[8]，官于闽。闽变起[9]，颍川氏手刃群妾，遂自刭。闻敏亦在积尸中也。或曰三年病死。

【注释】

〔1〕颀(qí)：身材苗条。 玉肪：美玉、油脂。三国魏曹丕《与钟大理书》："窃见玉书，称美玉白如截肪。"

〔2〕赪(chēng)色：红色。

〔3〕筱(xiǎo)竹枝：细小的竹枝。

〔4〕墨瀋：墨汁。卞敏的画作后来在世间偶有流传，据清萍梗《秦

淮感旧录》，陈巧龄曾购藏其墨兰一幅。这幅墨兰图彭兆荪也看到过，并写有诗作《王高词出所藏卞敏画兰属题，一枝欹风，嫣然独绝，为赋三绝句，书于帧首。敏为玉京道人妹，此帧画于崇祯癸未中秋后一日，年十四五时笔也》。

〔5〕申进士维久：即申绂祚（1621—1656），字维久，长洲（今属江苏苏州）人。顺治十二年（1655）进士。曾在兵部观政，选授贵阳府推官，未仕卒。著有《申绂祚诗集》。他是明吏部尚书、首辅申时行的孙子。作者有诗作《吴郡五月五日歌呈叶圣野、申维久》。

〔6〕亡何：不久。

〔7〕替：衰败、衰落。

〔8〕颍川氏：陈姓的代称。此人待考，一说此人为福建巡海道陈启泰。陈启泰，字大来，汉军镶红旗人。历任滑县知县、御史、苏松粮道、福建漳南道、巡海道。耿精忠叛乱，他下药毒死侍妾婢仆二十一人，随后自尽。

〔9〕闽变：康熙十三年（1674），耿精忠在福建起兵反清。

【译文】

卞赛有个妹妹叫卞敏，身材苗条，皮肤像美玉一样白皙，风情柔媚婉约，别人看到她，觉得就像一架立着的水晶屏风。她也擅长画兰、弹琴，但只为客人弹奏一曲，再要求弹曲就推琴收手，面色发红。她画兰花，但只描绘细小的竹枝、两三朵兰草，不像卞赛那样枝叶纵横铺展，笔墨淋漓酣畅。然而她们一个以画面丰富见长，一个以画面空疏为贵，各自将妙处发挥到极致，懂行的人都非常珍惜。她们一起来苏州，一时竟美呈艳，门外挤满了想和她们结交的客人。卞敏心中厌恶市井间的喧闹，就嫁给了进士申绂祚。

申绂祚是宰相申时行的孙子，性格豪迈不羁，喜欢结交宾客，诗文名闻海内，天下的豪杰文士多愿与他交游，娶到卞敏后，他更加得意，将其视作闺中好友。不久，申绂祚患病去世，家中衰败。卞敏又嫁给一位姓陈的高官，此人在福建做官。福建发生战乱，他杀死众多姬妾后自尽。听说卞敏也在被杀的姬妾中。也有人说她是在三年后病死的。

12. 范 珏

范珏，字双玉。廉静，寡所嗜好，一切衣饰、歌管艳靡纷华之物，皆屏弃之。惟阖户焚香瀹茗[1]，相对药炉、经卷而已。性喜画山水，摹仿史痴[2]、顾宝幢[3]，檐枒老树，远山绝涧，笔墨间有天然气韵，妇人中范华原也[4]。

【注释】

[1] 瀹（yuè）茗：煮茶。

[2] 史痴：即史忠（1438—1519），本姓徐，字端本，一字廷直。金陵（今江苏南京）人。善绘山水、人物、花木、竹石，尤长于画云山，精于词曲。因外呆内慧，人称其为"痴翁""史痴"。画作有《晴雪图卷》《木石图》等传世。明周晖《金陵琐事》："史痴，山水人物，自写胸中逸气，不可以画之常格求之。……工小令。"

[3] 顾宝幢：即顾源（？—1565），字清甫，号丹泉、宝幢居士。明金陵（今江苏南京）人。嘉靖间秀才，终身未仕。善书画与诗，不泥古法，书法笔力遒劲，山水自成一家。著有《玉露堂稿》。画作有《林谷清游图轴》等传世。

[4] 范华原：即范宽（950—1032），原名中正，字仲立。因生性宽和，人称"范宽"。华原（今陕西耀州）人。北宋画家，工山水画，画作有《溪山行旅图》《雪山萧寺图》《秋林飞瀑图》《雪景寒林图》等传世。　范珏画作达到相当高的水准，在当时颇受称道，有不少文人为其题咏，如明文震亨《秦淮女郎范双玉善书画索诗》、清陈文述《题范双

玉青溪一曲画卷》、清吴绮《题范双玉画梅册》等。

【译文】

　　范珏，字双玉。谦逊沉静，少有嗜好，那些衣服装饰、歌唱奏乐中华艳奢靡的东西，她都弃置不用。只是在家闭门焚香煮茶，每日面对药炉、经卷而已。范珏天性喜画山水，模仿史痴、顾宝幢等人的画作，所绘多为枝杈歧出的古树、高山陡壁的溪涧，笔墨间有着天然的韵味，可以称得上是女子中的范华原。

13. 顿 文

　　顿文，字少文，琵琶顿老女孙也。性聪慧，识字义[1]，唐诗皆能上口。授以琵琶，布指《濩索》[2]，然意弗屑，不肯竟学。学鼓琴，雅歌《三叠》[3]，清泠然，神与之浃[4]，故又字曰"琴心"云。

　　琴心生于乱世，顿老赖以存活，不能早脱乐籍。赁屋青溪里[5]，荜门圭窦[6]，风月凄凉。屡为健儿、伧人所阨[7]，最后为李姓者挟持，牵连入狱。虽缘情得保，犹守以牛头阿旁也[8]。

【注释】

〔1〕识字义：读书识字。顿文著有《翠拥楼词》。
〔2〕濩(hù)索：即《转关濩索》，古琵琶曲名。
〔3〕雅歌：伴以雅乐歌唱。　三叠：即《阳关三叠》，古琴曲。
〔4〕浃(jiā)：融洽。
〔5〕青溪里：后改名黄家塘，在今江苏南京长江路北。
〔6〕荜门圭窦：编竹为门，穿墙作窗。指房屋较为简陋。语出《左传·襄公十年》："荜门闺窦之人而皆陵其上，其难为上矣。"
〔7〕健儿、伧人：指地痞无赖。　阨(è)：威逼，逼迫。
〔8〕牛头阿旁：地狱中的鬼卒，这里指凶恶可怕的人。

【译文】

顿文，字少文，是琵琶顿老的孙女。生性聪明颖慧，读书识字，唐诗皆能诵读。教她学琵琶，就能挥动手指弹奏《转关漉索》，然而心中不屑，不愿学完。她学习弹琴，伴以雅乐歌唱《阳关三叠》，声音清越悠扬，心神与琴声融合无间，故此顿文又字琴心。

顿文生在乱世，顿老依靠她生活，因此不能早早脱离乐籍。她在青溪里租了一处房屋，编竹为门，穿墙作窗，境况凄凉。她多次被地痞无赖威逼，最后被一个姓李的人挟持，受牵连入狱。虽然因人情得以担保释放，但仍被那些凶恶之徒挟持着。

客有王生者，挽余居间营救[1]，偕往访之，风鬟雾鬓，憔悴可怜[2]，犹援琴而鼓弹《别凤离鸾》之曲[3]，如猿吟鹃啼[4]，不忍闻也。余说内乡许公[5]，属其门生直指使者纵之[6]，复还故居。

吴郡王子其长主张燕筑家[7]，与琴心比邻，两相慕悦。王子故轻侠，倾金钱，振其贫悴。将携归，置别室，突遘奇祸[8]。收者至[9]，见琴心，诧曰："此真祸水也。"悯其非辜，驱之去，独捕王子。王子被戮，琴心逸，然终归匪人[10]。嗟乎！佳人命薄，若琴心者，其尤哉！其尤哉！

【注释】

〔1〕居间：在双方中间说合、调解。

〔2〕风鬟雾鬓，憔悴可怜：头发蓬松散乱，面容憔悴。语出宋李清照《永遇乐》："如今憔悴，风鬟雾鬓，怕见夜间出去。"

〔3〕别凤离鸾：即《双凤离鸾》，古琴曲。

〔4〕猿吟鹃啼：形容曲调凄婉动人。猿吟，猿猴长鸣。北周庾信《伤心赋》："鹤声孤绝，猿吟肠断。"鹃啼，杜鹃啼声凄苦，多用以形容人的思念之苦、悲怨之深。元王元鼎《雁传书》套曲："鹃啼春思月中

魂，花迷蝶梦窗前影。"

〔5〕内乡许公：即许宸（1599—1661），字素臣，号菊溪。内乡（今河南内乡）人。崇祯十三年（1640）进士。入清后历任丹阳知县、江南按察使。著有《淡止园集》《载石吟》《躬耕堂诗》等。

〔6〕直指使者：汉武帝时朝廷所设专管巡视、处理各地政事的官员。因出巡时穿着绣衣，故又称"绣衣直指""直指绣衣使者"。这里泛指官员。

〔7〕王子其长：即王发，字其长，吴县（今属江苏苏州）人。同声社领袖，后因科场案被杀。作者有诗作《题王其长菊圖》。《研堂见闻杂录》记载有其事迹，可与本文对看："郡中有王其长（发），孝廉王贞明子，吾友章素文之妹丈也。能书画，别骨董，为人通脱，与余一见，为莫逆盟。夹辅素文，功最多。然性豪奢不检。丁酉，吴兴沈相国之孙，以科场事发，且有首其逆谋通海寇者，起大狱。其家仓皇无计，以数万付其长，令其走江宁为之道地。其长既得数万金，招摇于路。至江宁，即制衣饰数十箱，万金归寄群妾，身卧红罗帐中，恣为浪费，而又故持其金，不肯上下行嘱。于是逻者得焉，突入其邸，将数万金疾卷去，而牵之就狱。既入狱，遂巡论报，竟斩于市。" 主：寄居。 张燕筑：人名，参见前"顾媚"条中注释。

〔8〕遘（gòu）：遭遇，遇到。

〔9〕收者：负责抓捕的人。

〔10〕匪人：非人，不适合的人。

【译文】

有位王生，拉着我从中调解，营救顿文，我们一起过去看她，只见她头发蓬松散乱，神情憔悴可怜，但仍在弹琴演奏《别凤离鸾》的曲子，曲调凄婉动人，让人不忍听下去。我说服江南按察使许宸，他吩咐门生官员放走顿文，顿文又回到从前的居所。

吴郡王其长寄寓在张燕筑家，他和顿文是邻居，二人互相爱慕。王其长为人轻生重义，勇于急人之难，倾囊赈济贫困的顿文。他准备带着顿文回家，安置了另外的屋子，谁知突然遭遇祸端。抓捕王其长的人到来，看到顿文，惊诧地说："这真是红颜祸水啊。"怜悯她无辜，将其赶走，只抓捕王其长一人。王其长被杀后，顿文隐遁，她最终嫁给了不合适的人。唉！佳人命运悲惨，像顿文这样的，真是格外悲惨啊！真是格外悲惨啊！

14. 沙 才

沙才，美而艳，丰而柔[1]，骨体皆媚，天生尤物也[2]。善弈棋、吹箫、度曲。长指爪，修容貌[3]，留仙裙[4]，石华广袖[5]，衣被灿然[6]。

后携其妹曰嫩者游吴郡[7]，卜居半塘[8]，一时名噪，人皆以二赵、二乔目之[9]。惜也才以疮发，剜其半面；嫩归咤利[10]，郁郁死。

【注释】

〔1〕丰而柔：仪态美艳轻柔。语出汉伶玄《赵飞燕外传》："丰若有余，柔若无骨。"

〔2〕天生尤物：天然生就的美貌女子。《左传·昭公二十八年》："夫有尤物，足以移人。"

〔3〕修容貌：注重仪表。

〔4〕留仙裙：带皱褶的裙子，典出汉伶玄《赵飞燕外传》："他日宫姝幸者，或襞裙为绉，号'留仙裙'。"

〔5〕石华广袖：装饰着花样的大袖衣服。典出汉伶玄《赵飞燕外传》："后与婕妤坐，后误唾婕妤袖。婕妤曰：'姊唾染人绀袖，正似石上华。假令上方为之，未必能若此衣之华。'以为石华广袖。"

〔6〕灿然：鲜丽的样子。

〔7〕嫩：即沙嫩，名宛在，字嫩儿、未央，自称桃叶女郎。明末金陵名妓。多才多艺，工诗词、书法，著有《蝶香集》。沙嫩善于吹箫，在当时颇负盛名，王士禛在其《秦淮杂诗》中曾专门提及："傅寿清歌

沙嫩箫，红牙紫玉夜相邀。而今明月空如水，不见青溪长板桥。"周在浚在其《金陵古迹诗》小注中说得更为明确："当时曲中以沙嫩箫为第一。"

〔8〕卜居：择地居住。

〔9〕二赵：西汉赵飞燕、赵合德姐妹。　二乔：三国时期吴乔公的两个女儿大乔、小乔。

〔10〕咤利：即沙咤利，唐许尧佐《柳氏传》中的人物，为番将，夺占韩翊爱妾柳氏。这里指粗鲁蛮横之人。

【译文】

沙才容貌姣好艳丽，身姿丰腴柔美，无论是皮相还是骨相都十分媚人，是一位天生的美女。她擅长下棋、吹箫、唱曲。指甲纤长，注重仪容装扮，穿着褶皱精巧的裙子，还有绣着花样的大袖衣，其服饰从上到下都华美鲜丽。

后来，沙才带着妹妹沙嫩到苏州一带，在半塘择地居住，一时声名鹊起，人人都把她们姐妹视作赵飞燕、赵合德或大乔、小乔。可惜沙才后来因疮疖发作剜去了半张脸；沙嫩则嫁给一位粗俗蛮横的男人，在忧伤抑郁中死去。

15. 马 娇

马娇，字婉容。姿首清丽[1]，濯濯如春月柳[2]，滟滟如出水芙蓉[3]，真不愧"娇"之一字也。知音识曲，妙合宫商[4]，老伎师推为独步。然终以误堕烟花为恨，思择人而事，不敢以身许人，卒归贵竹杨龙友[5]。

龙友名文骢，以诗、画擅名，华亭董文敏亟赏之[6]。先是，闽中郭圣仆有二妾[7]：一曰李陀那[8]，一曰朱玉耶[9]。圣仆殁，龙友得玉耶，并得其所蓄书画、瓶砚、几杖诸玩好古器[10]，复拥婉容，终日摩挲笑语为乐。

【注释】

〔1〕姿首：容貌。

〔2〕濯濯如春月柳：语出《晋书·王恭传》："恭美姿仪，人多爱悦，或目之云：'濯濯如春月柳。'"濯濯，明净、清朗的样子。

〔3〕滟滟如出水芙蓉：语出宋无名氏《李师师外传》："新浴方罢，娇艳如出水芙蓉。"滟滟，水光浮动的样子。

〔4〕宫商：五音中的宫音与商音。这里泛指音律。

〔5〕贵竹：今贵州贵阳。

〔6〕华亭董文敏：即董其昌（1555—1636），字玄宰，号思白、香光居士。华亭（今上海松江）人。万历十七年（1589）进士，官至礼部尚书、太子太保。工书善画，为明末四大书家之一。著有《画禅室随笔》《容

台文集》等，传世画作有《云山小隐图》《遥山泼翠图》等。

　　〔7〕郭圣仆：即郭天中，一名俊，字圣仆。莆田（今福建莆田）人。工书，专精篆、隶。清钱谦益《列朝诗集》称其"不事生产，专精隶、篆之学。穷厓断碑，搜访模拓，寝食都废。晚年隶书益进，师法秦、汉，最为逼古"。

　　〔8〕李陀那：善画山水，尤工水仙。

　　〔9〕朱玉耶：江宁（今江苏南京）人。善画山水，亦工诗。

　　〔10〕瓶砚、几杖：砚台、坐几、手杖等，这里泛指古玩器物。　玩好：供玩赏的奇珍异宝。　古器：钟鼎等器物。

【译文】

　　马娇字婉容，容颜清雅秀美，清新明净如春日的嫩柳，光洁耀眼似出水的芙蓉，真当得起她名字中的那个"娇"字。马娇精通音乐，谙熟音律，连老辈曲家都赞许其才能出类拔萃。然而马娇始终以误入烟花为遗憾，想要选一位如意郎君侍奉，不敢轻易以身许人。最后委身于贵阳的杨龙友。

　　杨龙友名叫杨文骢，凭着诗画才能而闻名，华亭的董其昌十分欣赏他。之前，闽中的郭天中有两位侍妾：一位叫李陀那，一位叫朱玉耶。郭天中死后，杨文骢得到了朱玉耶，还得到其收藏的书画、瓶砚等各类古玩器物，又得到马娇，整日赏玩古董，与美人欢笑取乐。

　　甲申之变，贵阳马士英册立弘光[1]，自为首辅[2]，援引阉儿阮大铖构党煽权[3]，挠乱天下，以致五月出奔。都城百姓焚烧两家居第，以龙友乡戚有连[4]，亦被烈炬，顷刻灰烬。时龙友巡抚苏、松，尽室以行。玉耶久殉，婉容莫知所终。龙友父子殉难闽峤[5]，无遗种也[6]。犹存老母，丐归金陵，依家仆以终天年。

　　婉容有妹曰嫩，亦著名。

【注释】

〔1〕贵阳马士英(1591—1646):字瑶草,贵阳(今贵州贵阳)人。万历四十七年(1619)进士,历官南京户部主事、右佥都御史。明亡后拥立福王建立南明王朝,任东阁大学士,起用阉党阮大铖,打击东林党人。后为清兵俘杀。　弘光:指福王朱由崧,明亡后被拥立为南明皇帝,年号弘光。

〔2〕首辅:明代对首席大学士的称呼。

〔3〕阉儿:对太监的蔑称。这里指阉党。　构党煽权:结党擅权。

〔4〕乡戚有连:同乡亲戚关系。

〔5〕闽峤:福建境内的山地。

〔6〕遗种:后代。

【译文】

甲申之变发生,贵阳人马士英拥立弘光帝,并自立为首席大学士,他提拔阉党阮大铖结党营私、大权独揽,扰乱天下秩序,以致后来清军渡江,弘光皇帝五月初十日仓皇逃出南京。都城的百姓焚烧了马士英、阮大铖的府第,因杨文骢与马士英有同乡关系,受到连累,房屋也被焚烧,顷刻间化为灰烬。当时杨文骢任苏州、松江巡抚,带着全家一起上任。后来朱玉耶殉难而死,马娇则不知所终。杨文骢父子都在福建浦城的山中为国殉难,没有留下后代。杨家仅剩下一位老母,被宽赦回到金陵,依靠家仆得以寿终正寝。

马娇有位妹妹叫马嫩,也很有名。

16. 小马嫩

　　又有小马嫩者，轻盈飘逸，自命风流。真州盐贾用千金购得[1]，奉溧阳陈公子[2]。公子昵之未久，并奁具赠豫章陈伯玑[3]，生一子一女，如王子敬之有桃根也[4]。

【注释】

　　[1] 真州：今江苏仪征。

　　[2] 溧阳陈公子：即陈名夏（1601—1654），字百史，溧阳（今江苏溧阳）人。崇祯十六年（1643）进士。官修撰、户、兵二科都给事中。后降清，官至吏部尚书、大学士，著有《石云居士文集》等。

　　[3] 豫章：今江西南昌。　陈伯玑：即陈允衡（1622—1672），字伯玑，号玉渊，南昌人。明亡后，避乱流寓南京，以诗歌自娱，著有《爱琴馆集》等。

　　[4] 王子敬：即王献之（344—386），字子敬，会稽（今浙江绍兴）人。王羲之第七子，官吴兴太守。工书，与其父并称"二王"。　桃根：王献之爱妾桃叶之妹。作者《咏怀古迹·桃叶渡》诗序："桃叶、桃根，皆王献之妾名。"　钱谦益写有《为陈伯玑题浣花君小影》四首，从内容来看，这位浣花君很可能就是小马嫩。清人姚范在其《援鹑堂笔记》中提出这一看法："《为陈伯玑题浣花君小影》。按余怀《板桥杂记》云："马嫩者，溧阳陈公子昵之未久，赠豫章陈伯玑，生一子一女。此所云浣花君者，即是人耶？"

【译文】

　　又有一位称作小马嫩的，体态轻盈，身姿飘逸，以风雅洒脱自许。有位真州的盐商用重金买下小马嫩，将其献给溧阳的陈名夏。陈名夏宠爱小马嫩时间不长，就将她与妆奁一同送给豫章的陈允衡，后来生下一个儿子和一个女儿，其情况就像王献之与其妾桃根那样。

17. 顾　喜

　　顾喜，一名小喜。性情豪爽，体态丰华[1]。双跗不纤妍[2]，人称为顾大脚，又谓之"肉屏风"[3]。然其迈往不屑之韵[4]，凌霄拔俗之姿，则非篱壁间物也[5]。当之者，似李陵提步卒三千人抵鞮汗山[6]，入狭谷，往往败北生降矣。汉武帝《悼李夫人赋》有云[7]："佳侠含光[8]。"余题四字颜其室[9]。乱后，不知从何人以去，或曰归一公侯子弟云。

【注释】
　　〔1〕丰华：丰满。
　　〔2〕跗(fū)：脚。　纤妍：纤细好看。
　　〔3〕肉屏风：典出五代王仁裕《开元天宝遗事·肉阵》："杨国忠于冬月常选婢妾肥大者，行列于前，令遮风。盖借人之气相暖，故谓之'肉阵'。"后亦称"肉阵"为"肉屏风"。
　　〔4〕迈往不屑：超凡脱俗。语出晋王羲之《诫谢万书》："以君迈往不屑之韵，而俯同群辟，诚难为意也。"
　　〔5〕篱壁间物：平凡易得之物。典出南朝宋刘义庆《世说新语·排调》："桓玄素轻桓崖，崖在京下有好桃，玄连就求之，遂不得佳者。玄与殷仲文书，以为嗤笑，曰：'德之休明，肃慎贡其楛矢；如其不尔，篱壁间物亦不可得也。'"
　　〔6〕李陵(？—前74)：字少卿，陇西成纪(今属甘肃静宁)人。为名

将李广之孙，善骑射。武帝时，任骑都尉。后为匈奴所困，不得已而降。　鞮(dī)汗山：今蒙古西南谱颜博格多山，为李陵兵败投降之处。

〔7〕汉武帝：刘彻(前156—前87)，景帝子，公元前140—前87年在位。　《悼李夫人赋》：汉武帝为悼念宠妃李夫人所写的一篇辞赋。

〔8〕佳侠含光：光彩照人。佳侠，佳丽，美人。

〔9〕颜：题写匾额。

【译文】

　　顾喜，又名小喜。性格豪爽不羁，体态丰腴华美。她的双脚不够小巧精致，时人戏称她为顾大脚，也叫她"肉屏风"。然而顾喜气度超凡，志向高远，不同俗流，绝非唾手可得的那种女子。面对着她，就像李陵带着三千步兵来到鞮汗山，进入狭长的山谷，往往会失败投降。汉武帝的《悼李夫人赋》中有"佳侠含光"四字，我就题写这四个字作为其居室的名字。战乱后，不知顾喜跟着何人离开了，有人说她可能去侍奉某位公侯子弟了。

18. 朱小大

朱小大，颇著美名，余未之见，然闻其纤妍俏洁，涉猎文艺，粉掐墨痕[1]，纵横缥帙[2]，是李易安之流也[3]。归昭阳李太仆[4]。太仆遇祸，家灭。

【注释】

〔1〕粉掐墨痕：泛指善于作画。粉掐、墨痕为两种作画的手法。

〔2〕纵横：形容很多的样子。 缥帙：淡青色的书衣。这里泛指书卷、书本。

〔3〕李易安：即李清照（1084—约1155），号易安居士。章丘（今属山东济南）人。北宋词人，著有《漱玉词》等。

〔4〕昭阳李太仆：其人待考。一说为李思诚。昭阳，今江苏兴化。太仆，秦汉沿置，为九卿之一，为天子执御，掌舆马畜牧之事。北齐始称太仆寺卿、少卿。历代沿置，清废。

【译文】

朱小大，颇有美艳的名声，我虽然没见过她，然而听说过她容貌鲜妍，娇小雅洁，通晓文墨，擅长绘画，作品很多，是李清照那样的才女。朱小大后来侍奉昭阳李太仆。李太仆遭遇横祸，家破人亡。

.

19. 王小大

王小大，生而韶秀，为人圆滑便捷，善周旋，广筵长席[1]，人劝一觞，皆膝席欢受[2]。又工于酒纠、觥录事[3]，无毫发谬误，能为酒客解纷释怨，时人谓之"和气汤"。

扬州顾尔迈[4]，字不盈，镇远侯介弟也[5]。挟戚里之富[6]，往来平康。悦小大，贮之河亭。时时召客大饮，效陈孟公[7]、高季式[8]，授女将军酒正印[9]，左右指麾。客皆极饮滥醉。有醉而逸者，锁门脱屐，卧地上，至日中乃醒。时吴桥范文贞公官南大司马[10]，不盈为揖客[11]，出入辕戟[12]，有古任侠风，书画与郑超宗齐名[13]。

【注释】
〔1〕广筵长席：盛大的宴席。
〔2〕膝席：跪在席上，直起身子，以示尊敬。
〔3〕酒纠、觥录：饮宴时，劝酒监酒令。
〔4〕顾尔迈：字不盈，江都（今江苏扬州）人。曾做过范景文幕僚，著有《明玙彰瘅录》等。
〔5〕镇远侯：即顾肇迹，字超之。为夏国公顾成的第十一代孙。明亡死难。 介弟：对他人弟弟的尊称。

〔6〕戚里：亲戚乡里。

〔7〕陈孟公：即陈遵（？—约24），字孟公，杜陵（今属陕西西安）人。历任京兆史、郁夷令，封嘉威侯。性嗜酒，每次与宾客宴饮，都关门不让他们出去，非醉不休。作者《余子说史》："陈遵嗜酒。每大饮，宾客满堂，辄关门，取客车辖投井中。"

〔8〕高季式（516—553）：字子通，渤海蓚县（今属河北景县）人。历任尚食典御、济州刺史、侍中、冀州大中正都督。性喜饮酒。

〔9〕酒正：掌管酒政，酒官之长。

〔10〕吴桥范文贞公：范景文，生平见前注。

〔11〕揖客：长揖不拜之客，地位较高。

〔12〕辕戟：将帅的营门，这里指军营或官署。

〔13〕郑超宗：即郑元勋（1604—1645），字超宗，号惠东，歙县（安徽歙县）人。崇祯十六年（1643）进士，历官兵部职方司主事。工诗善画，兼工造园。著有《影园集》等。

【译文】

王小大，天生清秀美丽，为人善于处世，机敏灵活，擅长交际应酬，在盛宴上，她给每个客人都敬一杯酒，所有人都客气又开心地接受了。她还十分擅长在酒席上掌管酒令，从无一点差错，能替酒客们解除纠纷，消除怨怨，当时人们都称其为"和气汤"。

扬州顾尔迈字不盈，他是镇远侯顾肇迹的弟弟。仗着家里的家财，往来于旧院。顾尔迈喜欢王小大，就将她安置在河亭。他常常召集客人大摆宴席，效仿前代的陈遵、高季式，授予王小大女将军掌管酒政的权力，指挥席间的秩序。客人们都开怀畅饮而致烂醉。有的客人喝醉后逃离酒席，锁上门，脱掉鞋子，躺在地上，直到中午时分才醒来。当时吴桥范景文担任南大司马，顾尔迈是他的贵客，经常出入军营官署，有旧时扶助弱小、见义勇为的风范，其书画与郑元勋齐名。

20. 张　元

　　张元，清瘦轻佻[1]，临风飘举。齿稍长[2]。在少年场中[3]，纤腰蹑步[4]，亦自楚楚，人呼之为"张小脚"。

【注释】
　　〔1〕轻佻：这里当指其身体轻盈。
　　〔2〕齿：年龄。
　　〔3〕少年场：年轻人聚会的场所。北周庾信《结客少年场行》："结客少年场，春风满路香。"
　　〔4〕蹑(jǔ)步：轻柔的步子。

【译文】
　　张元，身材纤瘦，体态轻盈，姿态飘飘欲仙，轻灵超逸。年龄稍大点。在年轻人聚会的场所里，她腰肢苗条，脚步轻柔，自有一派娇美的风姿，人们称她为"张小脚"。

21. 刘　元

刘元，齿亦不少，而佻达轻盈[1]，目睛闪闪[2]，注射四筵[3]。曾有一过江名士与之同寝，元转面向里帷，不与之接。拍其肩曰："汝不知我为名士耶？"元转面曰："名士是何物？值几文钱耶？"相传以为笑。

【注释】

〔1〕佻达：行为轻狂。

〔2〕目睛闪闪：明眸善睐，眼睛明亮，顾盼有神。语出南朝宋刘义庆《世说新语·容止》："双眸闪闪若岩下电。"

〔3〕注射四筵：吸引了全座人的目光。

【译文】

刘元，年纪也不轻了，但行为轻狂，身姿轻盈，明眸善睐，闪闪有神，能吸引全座人的目光。曾有一位北方来的名士与其共寝，刘元面向床内侧的帷幔，不跟他亲近。那位名士拍着刘元的肩膀问："你不知道我是一位有名的文士吗？"刘元转过脸说："名士是什么东西？值多少钱？"大家相互传言，把这个故事当作笑话。

22. 崔　科

崔科，后起之秀。目未见前辈典型，然有一种天然韶令之致[1]。科亦顾影自怜，矜其容色，高其声价，不屑一切。卒为一词林所窘辱[2]。

【注释】
〔1〕韶令：聪慧，优美。
〔2〕词林：翰林的别称。或泛指文士。

【译文】
崔科是旧院里的后起之秀。她没见过前辈的风范，但自有一种天生的慧美气质。崔科也自我欣赏，自恃容貌美丽，抬高身价，对所有人都表现得很鄙夷。最后受到一位文士的困迫凌辱。

23. 董 年

　　董年，秦淮绝色，与小宛姊妹行。艳冶之名，亦相颉颃[1]。钟山张紫淀作《悼小宛》诗[2]，中一首云："美人生南国，余见两双成[3]。春与年同艳[4]，花推白主盟[5]。蛾眉无后辈[6]，蝶梦是前生[7]。寂寂皆黄土[8]，香风付管城[9]。"

【注释】
　　[1]颉颃(xié háng)：不相上下。
　　[2]钟山张紫淀：即张文峙（1591—1654），原名张可仕，字文峙，后更名文峙，字紫淀。原为楚人，定居南京。曾为范景文幕僚。工诗，著有《击磬集》等。
　　[3]双成：即董双成，神话中西王母侍女名。这里借董年、董小宛姐妹。
　　[4]年：指董年。
　　[5]白：指董白，字小宛。
　　[6]蛾眉：美人，美女。
　　[7]蝶梦：典出《庄子·齐物论》："昔者庄周梦为胡蝶，栩栩然胡蝶也。自喻适志与，不知周也。俄然觉，则蘧蘧然周也。不知周之梦为胡蝶与，胡蝶之梦为周与？周与胡蝶则必有分矣。此之谓物化。"
　　[8]寂寂：孤单，冷落。
　　[9]管城：即管城子，笔的别称。典出唐韩愈《毛颖传》："秦始皇使恬赐之汤沐，而封诸管城，号曰管城子。"

【译文】

　　董年是秦淮名妓中的绝色美人，和董小宛是姐妹。她们妖冶艳丽的名声也不相上下。钟山张文峙写过《悼小宛》诗歌，其中有一首说："美人生南国，余见两双成。春与年同艳，花推白主盟。蛾眉无后辈，蝶梦是前生。寂寂皆黄土，香风付管城。"

24. 李　香

　　李香[1]，身躯短小，肤理玉色，慧俊婉转[2]，调笑
无双[3]，人名之为"香扇坠"。余有诗赠之云："生小
倾城是李香[4]，怀中婀娜袖中藏。何缘十二巫峰女[5]，
梦里偏来见楚王[6]。"武塘魏子一为书于粉壁[7]，贵竹
杨龙友写崇兰石于左偏[8]，时人称为三绝。由是，香之
名盛于南曲，四方才士争一识面以为荣[9]。

【注释】
　　〔1〕李香：昵称香君，明末清初金陵名妓。其居所称媚香楼，在今
南京钞库街 38 号。
　　〔2〕慧俊婉转：聪颖俊美，缠绵多情。
　　〔3〕调笑：戏谑笑耍。
　　〔4〕生小：自小。
　　〔5〕十二巫峰：即巫山十二峰。在重庆巫山东巫峡两岸。典出战国
楚宋玉《高唐赋》，楚怀王游云梦高唐之台，梦与巫山神女欢会。后以
"巫山"代指男女幽会，"十二巫峰"代指巫山。
　　〔6〕楚王：即楚怀王熊槐（？—公元前 296 年），战国时期楚国第三
十七位国君。
　　〔7〕武塘魏子一：即魏学濂(1608—1644)，字子一，号内斋。武塘
（今浙江嘉善）人。崇祯十六年(1643)进士，授翰林院庶吉士。明亡后自
尽。善画山水。著有《后藏密斋集》《芳橼集》等。　粉壁：白色的
墙壁。

〔8〕崇兰石：丛兰、怪石。

〔9〕从《板桥杂记》所写秦淮诸妓情况来看，李香虽然也是"名盛于南曲"，名列秦淮八艳，但其声誉及影响似乎还不能与妥娘、董小宛等人相提并论。自孔尚任的《桃花扇》面世后，李香一下脱颖而出，成为江南名妓的代表人物，由此家喻户晓。孔尚任创作《桃花扇》，很多地方参考了《板桥杂记》，其考据共列《板桥杂记》十六条，包括李香、李贞丽的描写。

【译文】

李香身材娇小，皮肤像美玉一样莹白，她聪慧俊俏，多情动人，最擅戏谑笑耍，天下无双，有人称其为"香扇坠"。我写了一首诗送给她："生小倾城是李香，怀中婀娜袖中藏。何缘十二巫峰女，梦里偏来见楚王。"武塘魏学濂给她把此诗写在白色墙壁上，贵竹杨文骢在旁边又画了丛生的兰花与嶙峋的怪石，当时人们称其为"三绝"。由此李香在南曲中名声很大，各地文人名士争着与她见面，并以此为荣。

珠市名妓附见

1. 珠　市

　　珠市在内桥旁^[1]，曲巷逶迤，屋宇湫隘^[2]。然其中时有丽人，惜限于地，不敢与旧院颉颃。以余所见，王月诸姬，并著迷香、神鸡之胜^[3]，又何羡红红、举举之名乎^[4]！恐遂湮没无闻，使媚骨芳魂与草木同腐^[5]，故附书于卷尾，以备金陵轶史云。

【注释】
　　〔1〕内桥：原名浚桥，又名天津桥。始建于五代时期，为南唐宫城正南的护龙桥，因在南唐宫城内，故名内桥。原址在今南京中山南路与中华路交接处。
　　〔2〕湫(jiǎo)隘：狭窄低矮。
　　〔3〕迷香、神鸡：皆为高级妓院。典出后唐冯贽《云仙散录·迷香洞》："史凤，宣城妓也。待客以等差。若异者，以迷香洞、神鸡枕、锁莲灯；次则交红被、传香枕、八分羊；下则不相见，以闭门羹待之，使人致语曰：'请公梦中来。'"
　　〔4〕红红：唐代名妓，见前注。　举举：即郑举举，唐代名妓。通晓音律，擅唱曲。
　　〔5〕与草木同腐：形容生前无所作为，死后默默无闻。宋苏轼《太息送秦少章》："嗟乎！英伟奇逸之士不容于世俗也久矣。虽然，自今观之，孔北海、盛孝章犹在世，而向之讥评者，与草木同腐久矣。"

【译文】

　　珠市在内桥附近，街巷曲折蜿蜒，房屋低矮狭窄。然而里面偶尔也有美人。可惜受地方狭小的限制，不能与旧院相抗衡。依我所见所闻，王月等美人也有迷香洞、神鸡枕那样的美妙，又何须艳羡红红、举举的美名呢？因担心她们最终被埋没而无人知晓，使得美人日后跟草木一同腐化为土，故此在末尾附上一段记载，来补充金陵的一段轶史。

2. 王　月

　　王月，字微波。母胞生三女：长即月，次节，次满，并有殊色。月尤慧妍，善自修饰，顾身玉立，皓齿明眸[1]，异常妖冶，名动公卿。桐城孙武公昵之[2]，拥致栖霞山下雪洞中[3]，经月不出。

　　己卯岁牛女渡河之夕[4]，大集诸姬于方密之侨居水阁[5]。四方贤豪，车骑盈间巷，梨园子弟，三班骈演[6]，阁外环列舟航如堵墙。品藻花案[7]，设立层台[8]，以坐状元。二十余人中，考微波第一。登台奏乐，进金屈卮[9]。南曲诸姬皆色沮，渐逸去。天明始罢酒。次日，各赋诗纪其事。余诗所云"月中仙子花中王，第一姮娥第一香"者是也。微波绣之于帨巾不去手[10]。

【注释】
　　〔1〕皓齿明眸：洁白的牙齿，明亮的眼睛。形容容貌美丽。三国魏曹植《洛神赋》："丹唇外朗，皓齿内鲜，明眸善睐，靥辅承权。"
　　〔2〕桐城孙武公：即孙克咸。见前注。
　　〔3〕雪洞：原指被雪封盖的山洞，比喻华美洁净的住所。
　　〔4〕己卯岁：崇祯十二年（1639）。　牛女渡河之夕：农历七月初七

晚上，即七夕节。传说这一天牛郎织女在鹊桥相会。

〔5〕方密之：即方以智（1611—1671），字密之，号曼公。桐城（今安徽桐城）人。崇祯十三年（1640）进士。历官任翰林院检讨。复社主要成员。明亡后坚持抗清，失败后出家为僧。学识渊博，著有《通雅》《物理小识》《药地炮庄》《东西均》等。

〔6〕骈演：同台演出。骈，并列。

〔7〕品藻花案：品评确定妓女的名次。

〔8〕层台：高台。

〔9〕金屈卮：亦作"金曲卮"，一种酒器。唐孟郊《劝酒》："劝君金曲卮，勿谓朱颜酡。"

〔10〕帨（shuì）巾：手帕。

【译文】

王月字微波。其母亲一共生了三个女儿：长女即是王月，次女王节，幼女王满，三姐妹都很漂亮。王月尤其聪慧貌美，她自己很会打扮，身姿颀长优美，牙齿洁白，眼睛明亮，非常妖艳亮丽，美名惊动许多贵人。桐城孙克咸喜爱她，将她安置在栖霞山下洁净的精舍中，一个月都不出来。

崇祯十二年七夕，诸名妓在方以智寓居的水阁中聚集。各地贤士豪杰的车马挤满了街巷，当时三个戏班同时演戏，水阁外舟船密密环绕着，像堵墙一样。众人评定妓女的名次，设置高台，让名次最高的美人坐在上面。二十多位妓女中，王月名列第一。她登上高台演奏乐曲，向大家敬酒。南曲旧院的名妓们神情低落，逐渐散去了。直到天亮大家才停止饮宴。第二天，人们各自写诗记录这一事件。我诗中所说的"月中仙子花中王，第一姮娥第一香"说的就是王月。王月将这句诗绣在手帕上，片刻不离手。

武公益眷恋，欲置为侧室。会有贵阳蔡香君名如蘅[1]，强有力，以三千金啖其父[2]，夺以归。武公悒悒[3]，遂娶葛嫩也。

香君后为安庐兵备道[4]，携月赴任，宠专房。崇祯十五年五月，大盗张献忠破庐州府[5]，知府郑履祥死节[6]，香君被擒。搜其家，得月，留营中，宠压一寨。偶以事忤献忠，断其头，蒸置于盘，以享群贼。嗟乎！等死也[7]，月不及嫩矣。悲夫！

【注释】

〔1〕贵阳蔡香君名如薰：即蔡如薰（？—1642），字香君，号湘渚，又号玉林。贵阳（今贵州贵阳）人。天启七年（1627）举人。历官太原知府、安庐兵备道。后与张献忠作战，兵败被杀。

〔2〕唉：引诱、利诱。

〔3〕悒悒：郁闷，愁闷。

〔4〕兵备道：各省重要地方整饬兵备的道员。

〔5〕庐州府：在今安徽合肥及巢湖地区，治所在合肥。

〔6〕郑履祥（？—1642）：字季旋。浮梁（今江西浮梁）人。万历四十四年（1616）进士，历任职方郎中、车驾司主事、南京刑部郎中、庐州知府。死于张献忠乱军之手。擅长书法，著有《印林》等。

〔7〕等死：同样是死。

【译文】

孙克咸自此更加留恋王月，准备作为自己的侧室。谁知遇到贵阳蔡如薰，他势大财多，用重金引诱王月的父亲，将王月抢走了。孙克咸心情郁闷，于是另娶葛嫩。

蔡如薰后来担任安庐兵备道，带着王月赴任，独宠她一人。崇祯十五年五月，反贼张献忠攻破庐州府，知府郑履祥守节而死，蔡如薰被抓住。张献忠搜查其居处，发现了王月，将其留在军营中，十分宠爱。王月偶因一件事忤逆张献忠，张献忠就把她的头砍下来，蒸熟了放在盘中，给群贼享用。哎！同样是死，王月之死却不如葛嫩那样壮烈。多么可悲啊！

3. 王 节

　　王节，有姿色。先归顾不盈，后归王恒之。甘淡泊，怡然自得。虽为姬侍，有荆钗裙布风[1]。

　　妹满，幼小，好戏弄[2]，窈窕轻盈，作娇娃之态。保国公买置后房[3]，与寇白门不合[4]，复还秦淮。

【注释】

　　[1]荆钗裙布：贫家妇女简朴的装束。语出汉刘向《列女传》："梁鸿妻孟光，荆钗布裙。"

　　[2]戏弄：玩耍。

　　[3]保国公：即朱国弼，为抚宁侯朱谦六世孙。万历四十六年（1618）袭封，南明时进封保国公，后降清。　后房：后面的房屋，代指姬妾。

　　[4]寇白门：即寇湄，字白门。详见下文。

【译文】

　　王节姿容美丽。起初侍奉顾尔迈，后来转而侍奉王恒之。她甘于平淡安静的生活，并以此为乐，十分满足。虽然是人家的侍妾，却有简朴之风。

　　妹妹王满，年纪很轻，喜欢玩耍逗趣，身姿优美轻巧，作出一副娇美可人的样子。保国公朱国弼将她买作姬妾，然而她与寇湄合不来，就又回到秦淮。

4. 寇 湄

寇湄，字白门。钱虞山诗云[1]："寇家姊妹总芳菲，十八年来花信违[2]。今日秦淮恐相值，防他红泪一沾衣[3]。"则寇家多佳丽，白门其一也。

白门娟娟静美[4]，跌荡风流[5]。能度曲[6]，善画兰，粗知拈韵吟诗，然滑易不能竟学[7]。十八九时，为保国公购之，贮以金屋[8]，如李掌武之谢秋娘也[9]。

【注释】
　〔1〕钱虞山：钱谦益。其诗题为《丙申春，就医秦淮，寓丁家水阁，浃两月，临行作绝句三十首留别，留题不复论次》，共三十首，该诗为最后一首。
　〔2〕花信：花的消息。旧时有花信风之说，从小寒到谷雨，四个月里有八个节气一百二十天，每五日为一候，共二十四候，每候都有一种应花期而来的风。
　〔3〕红泪：典出晋王嘉《拾遗记·魏》："文帝所爱美人，姓薛名灵芸，常山人也……灵芸闻别父母，歔欷累日，泪下沾衣。至升车就路之时，以玉唾壶承泪，壶则红色。既发常山，及至京师，壶中泪凝如血。"
　〔4〕娟娟：姿态柔美的样子。
　〔5〕跌荡风流：狂放不羁，潇洒飘逸。
　〔6〕度曲：唱曲。
　〔7〕滑易：不肯下工夫。
　〔8〕贮以金屋：典出《汉武故事》："帝以乙酉年七月七日生于猗兰

殿。年四岁，立为胶东王。数岁，长公主嫖抱置膝上，问曰：'儿欲得妇否？'胶东王曰：'欲得妇。'长主指左右长御百余人，皆云不用。末指其女问曰：'阿娇好否？'于是乃笑对曰：'好，若得阿娇作妇，当作金屋贮之也。'"

〔9〕李掌武：李德裕。　谢秋娘：李德裕爱妾。据唐段安节《乐府杂录·望江南》记载，谢秋娘去世后，李德裕创撰词牌《谢秋娘》以表思念，后改为《望江南》。作者《四莲华斋杂录》："唐漳王凑姬人名杜秋娘，李赞皇妾亦名谢秋娘，《望江南》曲为谢秋娘作也。"

【译文】

寇湄，字白门。钱谦益在其诗中写道："寇家姊妹总芳菲，十八年来花信违。今日秦淮恐相值，防他红泪一沾衣。"可见寇家多出美女，寇湄就是其中的一位。

寇湄体态柔美，温柔娴静，潇洒风流且富有才情。她会唱曲儿，擅长画兰花，也大体知道按韵写诗，然而不肯下功夫，没能学到底。寇湄十八九岁时，被保国公朱国弼买走，纳为侍妾，就像唐代李德裕宠爱谢秋娘那样。

甲申三月，京师陷，保国生降〔1〕，家口没入奚官〔2〕。白门以千金予保国赎身，跳匹马，短衣，从一婢南归。归为女侠，筑园亭，结宾客，日与文人骚客相往还。酒酣以往，或歌或哭，亦自叹美人之迟暮〔3〕，嗟红豆之飘零也。既从扬州某孝廉，不得志，复还金陵。

老矣，犹日与诸少年伍。卧病时，召所欢韩生来，绸缪悲泣〔4〕，欲留之偶寝〔5〕。韩生以他故辞，犹执手不忍别。至夜，闻韩生在婢房笑语，奋身起，唤婢，自箠数十，呫呫骂韩生负心禽兽行〔6〕，欲啮其肉。病逾剧，医药罔效，遂以死。虞山《金陵杂题》有云：

丛残红粉念君恩〔7〕，女侠谁知寇白门？

黄土盖棺心未死，香丸一缕是芳魂〔8〕。

【注释】

〔1〕生降：投降。

〔2〕奚官：官署名。掌守宫人疾病、罪罚、丧葬等事，多由犯罪者家属担任。

〔3〕美人之迟暮：语出《楚辞·离骚》："惟草木之零落兮，恐美人之迟暮。"

〔4〕绸缪：情意缠绵。

〔5〕偶寝：同眠。

〔6〕咄咄：愤慨。

〔7〕丛残：凌乱。钱谦益《金陵杂题》共二十五首，此为第十首。

〔8〕本文前半与作者《校书寇白门湄小影题辞》的内容文字基本相同，当系据后者增写而成。《校书寇白门湄小影》为樊圻、吴宏合作，款署："校书寇白门湄小影。钟山圻、金溪宏合作，时辛卯秋杪，寓石城龙潭朱园碧天无际之堂。"题辞署名："三山余澹心书于秦淮水阁。"画作今藏于南京博物院。

【译文】

崇祯十九年三月，京都沦陷，朱国弼投降，家人被罚入奚官。寇湄用重金为朱国弼赎身，随后乘着马，穿着短衫，带着一个婢女回到南方。回来后成为一位女侠，修建园林亭台，结交宾客，每天与文人墨客往来。畅饮尽兴以后，有时放声歌唱，有时哀伤哭泣，也感叹自己美貌不再，爱情消逝。后来曾跟着扬州某位孝廉，但生活不如意，就又回到金陵。

寇湄老了，但仍整日与年轻人为伍。年老卧病在床，让自己喜欢的韩生前来陪同，她潸然泪下，情意缠绵，想要其留下来陪自己同寝。韩生找了个借口推辞，寇湄仍拉着他的手不愿分别。谁知到了晚上，寇湄听到韩生在婢女房中谈笑的声音，她挣扎着从床上起来，喊来婢女，亲自鞭打了数十下，愤慨地大骂韩生负心的禽兽行为，恨不得吃了他的肉。从此她的病情更重，医治无效，最终死去了。钱谦益在其《金陵杂题》中写道："丛残红粉念君恩，女侠谁知寇白门？黄土盖棺心未死，香丸一缕是芳魂。"

轶　事

1. 传芳垂戒

　　金陵都会之地，南曲靡丽之乡，纨茵浪子[1]，萧瑟词人[2]，往来游戏。马如游龙，车相接也。其间风月楼台，尊罍丝管[3]，以及娈童狎客，杂技名优，献媚争妍，络绎奔赴。垂杨影外[4]，片玉壶中，秋笛频吹，春莺乍啭，虽宋广平铁石心肠，不能不为梅花作赋也[5]。一声《河满》[6]，人何以堪？归见梨涡[7]，谁能遣此。然而流连忘返，醉饱无时，卿卿虽爱卿卿[8]，一误岂容再误[9]。遂尔丧失平生之守，见斥礼法之士，岂非黑风之飘堕[10]、碧海之迷津乎？余之缀茸斯编[11]，虽以传芳，实为垂戒[12]。王右军云[13]："后之览者，亦将有感于斯文也[14]。"

【注释】
　　[1]纨茵浪子：风流子弟。
　　[2]萧瑟词人：落寞文人。
　　[3]尊罍(léi)丝管：酒器、乐器。
　　[4]垂杨影：南宋辛弃疾《小重山·三山与客泛西湖》："十分风月处，着衰翁。垂杨影断岸西东。"
　　[5]宋广平：即宋璟（663—737），南和（今属河北邢台）人。因其封爵为广平郡公，故称其为宋广平。善于文辞，有《梅花赋》等作品传

世。宋张邦基《墨庄漫录》卷三："人疑宋开府铁石心肠，及为《梅花赋》，清艳殆不类其为人。"

〔6〕一声《河满》：语出唐张祜《宫词》："一声何满子，双泪落君前。"河满，即《何满子》，词牌名。

〔7〕梨涡：酒涡。宋罗大经《鹤林玉露》："胡澹庵十年贬海外，北归之日，饮于湘潭胡氏园，题诗云：'君恩许归此一醉，傍有梨颊生微涡。'"

〔8〕卿卿虽爱卿卿：语出南朝宋刘义庆《世说新语·惑溺》："王安丰妇常卿安丰，安丰曰：'妇人卿婿，于礼为不敬，后勿复尔。'妇曰：'亲卿爱卿，是以卿卿；我不卿卿，谁当卿卿？'遂恒听之。"

〔9〕一误岂容再误：语出《宋史·魏王廷美传》："太宗尝以传国之意访之赵普。普曰：'太祖已误，陛下岂容再误耶？'"

〔10〕黑风之飘堕：语出《魏书·元叉传》："元叉本名夜叉，弟罗实名罗刹，夜叉、罗刹，此鬼食人，非遇黑风，事同飘堕。"

〔11〕缀茸：连缀文字。

〔12〕虽以传芳，实为垂戒：作者说这是他写《轶事》这一部分的动机，传芳自然好理解，垂戒则需要细细琢磨，"丧失平生之守"，这也许是作者想提醒读者注意的。这个守既是指人格，也是指气节。个中生在《吴门画舫续录》中对这部分内容作如此评价："《板桥杂记》轶事一卷，自题其端云：'虽曰传芳，实为垂戒。'至若萧伯梁之醉、邹公履之颠、姜如须之偶渔于色，以及松风阁社集、眉楼盟文、宜睡轩说书，其事其人，亦足千古。"

〔13〕王右军：即王羲之（303—361），字逸少，临沂（今山东临沂）人。因曾任右军将军，故称"王右军"。精于书法，后人称之为书圣。

〔14〕"后之览者"二句：语出王羲之《兰亭集序》。

【译文】

　　金陵是江南都会之地，南曲是奢华迷离之乡，不管是风流弟子还是落寞文人，都在这里往来嬉戏。马如游龙，车驾相接。这里秦楼楚馆，饮酒奏乐，出卖色艺的男童、寻欢作乐的恩客出入其间，从事杂技的艺人、唱曲演剧的名角比美斗艺，大家络绎不绝地来到这里。站在袅袅的柳边，品着玉壶的美酒，春朝秋夜，黄莺歌唱，笛声悠扬。此情此景，即便像宋璟那样铁石心肠的人，也不能不写《梅花赋》。听歌女们唱一阕《何满子》，谁能压抑自己的情感？见美人们颊畔的酒窝，谁能排遣内心的情怀？然而人们在此流连，不愿离去，常常酒食过度，虽然与美人两相悦慕，岂能一错再错？因贪恋温柔丧失平生的操守，被维护礼法的人训斥鄙夷，岂不是在狂风中飘落，在大海上迷航？我之所以编写这一部分，虽然是要为美人传芳名，实际上也是为了劝诫。正如王羲之所说的："后人看到了，也会对这些文字有所感悟。"

2. 萧伯梁

瓜洲萧伯梁豪华任侠，倾财结客，好游狭斜，久住曲中。投辖轰饮[1]，俾昼作夜[2]，多拥名姬，簪花击鼓为乐。钱虞山诗所云"天公要断烟花种，醉杀瓜洲萧伯梁"者是也[3]。

【注释】

〔1〕投辖：典出《汉书·陈遵传》："遵嗜酒，每大饮，宾客满堂，辄关门，取客车辖投井中，虽有急，终不得去。"作者《过半塘访姚仙期值往云间未遇》："怅望季鹰何日返，空将投辖怨陈遵。"辖，车轴两端的键。投辖，殷勤待客。 轰饮：狂饮。

〔2〕俾昼作夜：将白昼当作夜晚，不分昼夜地寻欢作乐。语出《诗经·大雅·荡》："式号式呼，俾昼作夜。"

〔3〕"天公要断烟花种"二句：语出钱谦益《金陵杂题》之五。尽管作者在本书中两次提到萧伯梁，并将其人写得活灵活现。但对他的生平却并没有交代，相关记载极少，不过从其行事方式来看，大概是位世家子弟，否则也不会有这么多钱财供他挥霍，也不会如此狂放不羁。清人张秉彝在其《秦淮泛舟》诗作中提及此人，摘录如下，以作参考："漫道温柔别有乡，绮罗金粉夕阳黄。烟花纵使浓如海，可有瓜洲萧伯梁。"

【译文】

瓜洲萧伯梁奢靡铺张，又有侠义之风，他倾尽家财结交朋友，喜欢在烟花之地冶游，常住在旧院。他待客殷勤，狂欢畅饮，通宵达旦，身边聚集多位名妓，她们头戴鲜花，击鼓为乐。钱谦益诗中所写"天公要断烟花种，醉杀瓜洲萧伯梁"说的就是他。

3. 楼　船

　　嘉兴姚北若用十二楼船于秦淮[1]，招集四方应试知名之士百余人，每船邀名妓四人侑酒[2]，梨园一部[3]，灯火笙歌，为一时之盛事。先是，嘉兴沈雨若费千金定花案[4]，江南艳称之[5]。

【注释】

　　〔1〕嘉兴姚北若：即姚瀚（1613—1664），或作姚瀚，字北若，一字公涤，嘉兴（今浙江嘉兴）人。《浙江通志》对其有介绍："字公涤，以荫入太学，尝从常熟瞿式耜、江右邓履中、娄东张溥游。崇祯丙子，就试南都，有《国门广业》之选，一时称为月旦。重纂编年史，广荆川《左编》，集汉至隋为《八代文统》。有书四十箧，部分类聚，惜皆散佚不传。"

　　〔2〕侑（yòu）酒：劝酒。

　　〔3〕梨园：戏班。

　　〔4〕嘉兴沈雨若：即沈春泽，字雨若。常熟（今江苏常熟）人。后移居金陵。能诗善画，工草书。著有《雨若吟稿》《得闲集》等。清徐沁《明画录》称其"善诗文，工于草书。画墨竹，落笔苍秀，多带书法"。

　　花案：旧时评定妓女名次的名单。沈起凤《谐铎·苏三》："晋陵某公子，费千金定花案。曲中诸妓，有文状元、文探花之名。"

　　〔5〕姚北若的这一盛举是在崇祯九年（1636），明亡后一直被一些文人才士津津乐道，成为江南繁盛的一个标志。当时有不少记载，这里摘录一则，以作参考："北若为尚书善长之孙，英年乐于取友。尽收质库所有私钱，载酒征歌，大会复社同人于秦淮河上，几二千人，聚其文为

《国门广业》。时阮集之填《燕子笺》传奇，盛行于白门，是日勾队未有演此者。"（朱彝尊《静志居诗话》）

【译文】

嘉兴姚淛把十二艘楼船停泊在秦淮河中，召集一百多位各地前来科考的名士，每船请四位名妓劝酒，一个戏班演出，灯火通明，彻夜笙歌，成为当时非常轰动的事情。在此之前，嘉兴沈春泽花费重金评定名妓"花案"，江南人都羡慕并称道这件事。

4. 曲中狎客

曲中狎客，则有张卯官笛[1]，张奎官箫，管五官管子[2]，吴章甫弦索[3]，钱仲文打十番鼓，丁继之、张燕筑、沈元甫、王公远、朱维章串戏[4]，柳敬亭说书[5]。或集于二李家[6]，或集于眉楼，每集必费百金，此亦销金之窟也[7]。

【注释】

〔1〕张卯：与后文所列张奎等十一人皆为明末清初南京著名的民间艺人，经常出入青楼间。其中丁继之、张燕筑和朱维章三人齐名并皆长寿，时人称其为"三老"。钱谦益写有诗作《题金陵三老图》："三老衣冠彼一时，画图省识起遐思。青鞋布袜唐贤像，修竹清流晋代诗。风去梧桐还有树，乌啼杨柳已无枝。秦淮烟月经游处，华表归来白鹤知。" 官：吴语和某些南方方言中男子人名后缀字，多用于姓名为双字的人名后，故张卯、张奎、管五及下文张魁的名字后皆缀一"官"字，而吴章甫、钱仲文等人的名字后则不缀。

〔2〕管子：即觱篥（bì lì），一种簧管乐器，形似喇叭，以芦苇作嘴，以竹作管，声音悲凄，俗称管子。

〔3〕吴章甫：此人待考。邢昉有《重经吴章甫宅》《哭吴章甫》诗，不知所咏是此人否。 弦索：弦乐器上的弦。泛指弦乐器。

〔4〕串戏：客串演戏。

〔5〕说书：说评话，表演评话。

〔6〕二李：李十娘、李大娘。

〔7〕销金之窟：典出宋周密《武林旧事·西湖游幸》："西湖天下景，朝昏晴雨，四序总宜。杭人亦无时而不游……日糜金钱，靡有纪极，故杭谚有'销金锅儿'之号。"元徐再思《中吕·朝天子·西湖》："宜酒宜诗，宜晴宜雨。销金锅，锦绣窟。"　　文中所提十一人皆多才多艺，对他们高超的技艺，时人在其诗文中有一些描绘，如张燕筑，顾景星有诗《无锡舟中大风雨听张燕筑歌》："白发黄冠老布衣，扁舟一曲泪如丝。坐中尽是江南客，莫唱秋娘旧日词。"此时张燕筑已是一位八十三岁的老人。同样，丁继之八十岁仍能登台演出，顾景星有诗《合肥公邀同钱牧斋看丁继之演〈水浒〉赤发鬼，丁年已八十，即席次牧斋丁六十诗韵》专记此事。

【译文】

旧院里那些陪伴权贵游乐的清客，张卯吹笛，张奎吹箫，管五吹觱篥，吴章甫弹弦乐器，钱仲文打十番鼓，丁继之、张燕筑、沈元甫、王公远、朱维章客串演戏，柳敬亭说书。他们或在李十娘、李大娘家聚会，或在眉楼雅集，每次聚会必花费数百金，这也算得上一个销金窟了。

5. 张 卯

　　张卯尤滑稽婉腻[1]，善伺美人喜怒[2]。一日，偶触李大娘[3]，大娘手碎其头上鬃帽，掷之于地。卯徐徐拾起，笑而戴之以去。

【注释】
　　〔1〕婉腻：温婉细腻。
　　〔2〕伺：观察，了解。
　　〔3〕触：激怒，惹恼。

【译文】
　　张卯的性格尤其圆滑，心思细腻，擅长观察名妓们的情绪。有一天，他不小心惹恼李大娘，李大娘用手撕碎了他头上的毡帽，将其扔在地上，张卯慢慢将毡帽拾起来，笑着戴上，然后离去。

6. 张　魁

张魁，字修我，吴郡人。少美姿首，与徐公子有断袖之好[1]。公子官南都府佐[2]，魁来访之，阍者拒[3]。口出亵语，且诟厉[4]。公子闻而扑之，然卒留之署中，欢好无间，以此移家桃叶渡口，与旧院为邻。

诸名妓家往来习熟，笼中鹦鹉见之，叫曰：“张魁官来！阿弥陀佛！”魁善吹箫、度曲，打马投壶[5]，往往胜其曹耦[6]。每晨朝即到楼馆，插瓶花，爇炉香，洗岕片[7]，拂拭琴几，位置衣桁[8]，不令主人知也。以此仆婢皆感之，猫狗亦不厌焉。

【注释】
〔1〕徐公子：即徐申（1548—1614），字继岳，号文江，长洲（今属江苏苏州）人。万历五年（1577）进士，历官应天府尹、南京通政使。　断袖之好：同性恋。
〔2〕南都府佐：应天府丞。
〔3〕阍（hūn）者：守门的人。
〔4〕诟厉：辱骂，谩骂。
〔5〕打马：一种棋类游戏。　投壶：一种饮酒时的娱乐活动，大家依次用矢投向盛酒的壶口，以投中多少决胜负，负者饮酒。
〔6〕曹耦：同伙，同辈。
〔7〕岕（jiè）片：即岕茶，产于浙江长兴境内罗岕山，故名。

〔8〕位置衣桁：摆放衣架。

【译文】

　　张魁字修我，是吴郡人。年少时姿容秀美，与徐公子同性相恋。徐公子当时任应天府丞，张魁来拜访他，守门的人不让进。他就口出脏话，进行辱骂。徐公子听见把他打了一顿，最终还是将他留在官署中，两人亲密无间，他因此搬家到桃叶渡口，住在旧院附近。

　　张魁在诸名妓家往来，十分熟悉，连笼中的鹦鹉见了他都会大喊："张魁来了！阿弥陀佛！"张魁擅长吹箫、唱曲，下马棋、投壶，常常超过他的同伴。每天清晨一大早他就到妓院中，插花、熏香、泡茶、擦拭琴几、摆放衣架，且不让主家知道。因此仆人婢女都感谢他，即便是猫、狗也都喜欢他。

　　后魁面生白点风〔1〕，眉楼客戏榜于门曰："革出花面笺片一名〔2〕，张魁不许复入。"魁惭恨，遍求奇方洒削〔3〕，得芙蓉露，治除良已〔4〕。整衣帽，复至眉楼，曰："花面定何如〔5〕！"

　　乱后还吴，吴中新进少年搔头弄姿，持箫摩管，以柔曼悦人者〔6〕，见魁则揶揄之，肆为诋谇〔7〕，以此重穷困。龚宗伯奉使粤东，怜而振之〔8〕，厚予之金，使往山中贩岕茶，得息又厚，家稍稍丰矣。

【注释】

　　〔1〕白点风：即白癜风，一种皮肤病。
　　〔2〕花面：戏曲角色。净的俗称。　笺片：清客，门客。
　　〔3〕洒削：去除。
　　〔4〕治除良已：治好，痊愈。
　　〔5〕定何如：到底怎么样，究竟如何。南朝宋刘义庆《世说新语·

品藻》："抚军问殷浩：'卿定何如裴逸民？'"

〔6〕柔曼：姿容柔媚。

〔7〕诋諆：诽谤污蔑。

〔8〕龚宗伯：龚鼎孳。 振：赈，救助。 龚鼎孳写有《书张修我扇》，顾景星写有《赠张修我，次于皇韵》，冒辟疆在其《和书云先生己巳夏寓桃叶渡口即事感怀原韵》诗序中亦云："吴门张魁儿善箫，非张箫不度曲也。"可见这位张魁与文人还有颇多交往。

【译文】

　　其后张魁脸上得了白癜风，眉楼的客人戏谑地在门口挂了一张告示："革除一名花脸帮闲，张魁不许再进来。"张魁羞惭恼恨，到处寻求奇方去除脸上的白斑，后来得到芙蓉露，治好了自己的病。他修整仪容，又到眉楼，说："花脸现在如何了！"

　　甲申之乱后，张魁回到吴地，吴中的后辈少年搔首弄姿，举止轻浮，他们通晓音律，以柔美婉转取悦客人，他们见了张魁就嘲笑他，还肆意地污蔑毁谤，张魁因此更加穷困。龚鼎孳奉命出使粤东，同情他的境遇并赈济他，给了他很多钱，让他去山中贩卖芥茶，由此赚了不少钱，家底逐渐丰厚了些。

　　然魁性僻，尝自言曰："我大贱相，茶非惠泉水不可沾唇[1]，饭非四糙冬春米不可入口[2]，夜非孙春阳家通宵椽烛不可开眼[3]。"钱财到手辄尽，坐此不名一钱[4]，时人共非笑之，弗顾也。年过六十，以贩茶、卖芙蓉露为业。

　　庚寅、辛卯之际[5]，余游吴，寓周氏水阁。魁犹清晨来插瓶花、爇炉香、洗芥片、拂拭琴几、位置衣桁，如曩时。酒醋烛跋时[6]，说青溪旧事，不觉流涕。

　　丁酉再过金陵[7]，歌台舞榭化为瓦砾之场。犹于破板桥边，一吹洞箫。矮屋中一老妪启户出曰："此张魁官箫声也。"为呜咽久之。又数年，卒以穷死。

【注释】

〔1〕惠泉：在惠山，即今江苏无锡西郊，又称天下第二泉。

〔2〕四糙冬春米：冬天里春过四遍的米。冬春米，寒冬腊月所春的米。宋范成大《腊月村田乐府》："腊日春米为一岁计，多聚杵臼，尽腊中毕事，藏之土瓦仓中，经年不坏，谓之冬春米。"

〔3〕孙春阳：明末苏州商人。清梁章钜《浪迹续谈》："孙春阳系前明人，祖居宁波。万历中应童子试不售，遂弃举子业，为贸迁之术。始来吴门，开一小铺，在今吴趋坊北口。……铺中形制，学州县衙署，分为六房：曰南货房，曰北货房，曰海货房，曰腌腊房，曰蜜饯房，曰蜡烛房。……自明至今，已二百四十余年，子孙尚食其利，无他姓顶代者。吴门五方杂处，为东南一大都会，群货萃集，何啻数万户，而惟孙春阳铺为前明旧家，著闻海内。铺中之物，岁入贡单。其店规之严、选制之精，合郡所未有也。" 橡烛：如橡之烛，即大蜡烛。宋苏轼《武昌西山》："岂知白首同夜直，卧看橡烛高花摧。"

〔4〕坐此：由此，因此。

〔5〕庚寅：顺治七年（1650）。 辛卯：顺治八年（1651）。

〔6〕烛跋：蜡烛燃尽。

〔7〕丁酉：顺治十四年（1657）。

【译文】

张魁个性乖僻，曾宣称道："我这人是个大贱骨头，但茶不是惠泉水泡的不沾嘴唇，饭不是冬天里春过四遍的米不入口，夜里不点上孙春阳家那样的大蜡烛不睁眼睛。"钱财到了他手里就花光，因此没有一分钱的积蓄，当时人们都指责嘲笑，他也毫不在乎。都过了六十岁，他还在靠卖茶、卖芙蓉露谋生。

顺治七、八年间，我到吴地游玩，住在周氏水阁中。张魁仍旧一大早就来插花、熏香、泡茶、擦拭琴几、摆放衣架，同先前一样。深夜酒喝到酣畅之时，说起在青溪的往事，大家不觉泪流满面。

　　顺治十四年，我再路过金陵，曾经歌舞升平的亭台楼阁已化为一大堆破瓦碎砖。破板桥旁，还有人在吹洞箫。矮屋中一位老婆婆推开门出来说："这是张魁的箫声啊。"张魁听到此言，抽泣了好一会儿。又过了几年，张魁在穷困中死去。

7. 眉楼之盟

岁丙子[1]，金沙张公亮[2]、吕霖生[3]，盐官陈则梁[4]，漳浦刘渔仲[5]，雉皋冒辟疆盟于眉楼[6]。则梁作盟文甚奇，末云："牲盟不如臂盟[7]，臂盟不如神盟[8]。"

【注释】

〔1〕丙子：明崇祯九年(1636)。

〔2〕金沙张公亮：即张明弼(1584—1653)，字公亮，号琴牧子，金坛(今江苏金坛)人。崇祯十年(1637)进士，历官广东揭阳知县、杭州推官。为复社重要成员。诗文名重一时，著有《兔角诠》《萤芝集》等。金沙，金坛的别称。

〔3〕吕霖生：即吕兆龙(1592—?)，字霖生，金坛(今江苏金坛)人。崇祯十三年(1640)进士，官至内阁中书。复社成员。

〔4〕盐官陈则梁：即陈梁(?—1658)，原名昌应，字梦张，后改字则梁，号浣公、梁父、海盐(今浙江海盐)人。复社成员。明亡后为僧。工诗善书，著有《苋园集》《个亭集》等。文风甚奇，据沈季友《槜李诗系》介绍，陈梁"自题其墓曰：生无愧怍，去无牵缠。其联云：与尔同龛枕米汁，至今孤冢有梅花"。作者《武原三君咏·陈则梁》："征君挟奇癖，勃窣入理窟。抗古凛风霜，领异拾海月。"盐官，今浙江海盐盐官镇。

〔5〕漳浦刘渔仲：即刘履丁(1697—1645年)，字渔仲。漳浦(今福建漳浦)人。曾任郁林州知州。工书善画，喜篆刻。清屈大均《明四朝成仁录》称其为"大学士黄道周高弟，聪明绝人，字画篆刻，皆极其妙"。

〔6〕雉皋：今江苏如皋。

〔7〕牲盟：歃血为盟。　臂盟：割臂盟，典出《左传·庄公三十二年》：春秋时，鲁庄公爱大夫党氏的女儿孟任，答应娶她为夫人，孟任于是"割臂盟公"。

〔8〕神盟：不拘形式，在精神上结盟。

【译文】

崇祯九年，金沙张明弼、吕兆龙和海盐陈梁、漳浦刘履丁、雉皋冒辟疆在眉楼结盟。陈梁写了一篇奇特的盟誓文章，文末写道："歃血为盟不如割臂为盟，割臂为盟不如精神结盟。"

8. 徐青君

中山公子徐青君[1]，魏国介弟也[2]。家赀钜万，性华侈，自奉甚丰[3]，广蓄姬妾。造园大功坊侧[4]，树石亭台，拟于平泉、金谷[5]。每当夏月，置宴河房，日选名妓四五人，邀宾侑酒。木瓜、佛手，堆积如山；茉莉、珠兰[6]，芳香似雪。夜以继日，把酒酣歌，纶巾鹤氅，真神仙中人也。弘光朝加中府都督[7]，前驱班剑[8]，呵导入朝[9]，愈荣显矣。

乙酉鼎革[10]，籍没田产[11]，遂无立锥，群姬雨散。一身孑然，与佣、丐为伍，乃为人代杖[12]。其居第易为兵道衙门[13]。

【注释】

〔1〕中山公子：徐青君为明中山王徐达的后代，故有此称。 徐青君：即徐天爵，字青君。

〔2〕魏国：魏国公徐文爵，为魏国公徐达的第十一世孙。

〔3〕自奉：日常生活的享用。

〔4〕大功坊：朱元璋因徐达功勋卓著，命人在其府第两侧各建功坊，以示表彰，故称大功坊。地址在今南京瞻园路。明周晖《续金陵琐事》："高帝以魏国公达勋业非常，于居第左右，特各建一坊，榜曰大功，以旌异之。"

〔5〕平泉：即平泉庄，唐李德裕的别墅，据唐康骈《剧谈录·李相国宅》："平泉庄去洛阳三十里，卉木台榭，若造仙府。" 金谷：即金谷园，晋石崇于金谷涧中所筑的园馆，在其《金谷诗序》中有详细描写。

〔6〕珠兰：真珠兰的省称，即金粟兰。以其蓓蕾如珠，故名。李渔《闲情偶寄》："此花与叶，并不似兰，而以兰名者，肖其香也。即香味亦稍别，独有一节似之：兰花之香，与之习处者不觉，骤遇始闻之，疏而复亲始闻之，是花亦然。此其所以名兰也。"

〔7〕中府都督：即中军都督府都督。明时设中、左、右、前、后、五军都督府，每府皆设左、右都督。

〔8〕班剑：有纹饰的剑，用作仪仗，由武士佩持。

〔9〕呵导：呵道。旧时官员外出，引路差役喝令行人让路。

〔10〕乙酉：顺治二年（1645）。

〔11〕籍没：没收。

〔12〕代杖：为获取报酬代犯人受杖责。

〔13〕兵道：即兵备道，明时于各省重要地方设置整饬兵备道员，清代延续此制。

【译文】

　　中山王后代徐青君是魏国公徐文爵的弟弟。家产丰厚，性爱奢华，日常花销巨大，家里养了许多侍妾美人。他在大功坊旁造了一座园林，里面的树木山石、亭台轩榭，都能比得上李德裕的平泉庄、石崇的金谷园了。每到夏季，他就在河房置办宴席，每天挑选四五名名妓，邀请宾客畅饮。木瓜、佛手柑，像小山般堆起；茉莉花洁白似雪，真珠兰气味芬芳。主客不分昼夜，饮酒歌舞，徐青君头戴纶巾，身披鹤氅，真像是神仙中的人物。到了弘光朝，徐青君又被加封为中军都督府都督，出行皆有佩剑武士开道，入朝差役喝令行人让路，愈发荣耀显达了。

　　顺治二年，朝代更迭，徐青君的田地家产被全部没收，他没了安身之处，姬妾作鸟兽散。茕茕孑立，和帮佣、乞丐沦落在一起，到了替人受杖责以谋生的地步。其住所也变成了兵备道衙门。

一日，与当刑人约定杖数，计偿若干。受刑时，其数过倍，青君大呼曰："我徐青君也。"兵宪林公骇[1]，问左右，左右有哀王孙者[2]，跪而对曰："此魏国公公子徐青君也，穷苦为人代杖。其堂乃其家厅，不觉伤心呼号耳。"林公怜而释之，慰藉甚至，且曰："君倘有非钦产可清还者[3]，本道当为查给，以终余生。"青君顿首谢曰："花园是某自造，非钦产也。"林公唯唯[4]，厚赠遣之，查还其园，卖花石、货柱础以自活[5]。吾观《南史》所记[6]，东昏宫妃卖蜡烛为业[7]。杜少陵诗云[8]："问之不肯道名姓，但道困苦乞为奴。"[9]呜呼！岂虚也哉！岂虚也哉[10]！

【注释】

〔1〕兵宪：对总兵、总督、巡抚一类官员的泛称。　林公：即林天擎，字玉础，辽东盖州卫（今辽宁盖州）人。顺治四年（1647）任江宁知府，后历任湖广巡抚、云南巡抚等。

〔2〕哀王孙：可怜贵族子弟。典出《史记·淮阴侯列传》："（韩信）钓于城下，诸母漂。有一母见信饥，饭信……信喜，谓漂母曰：'吾必有以重报母。'母怒曰：'大丈夫不能自食，吾哀王孙而进食，岂望报乎！'"

〔3〕钦产：朝廷恩赐的财产。

〔4〕唯唯：答应。

〔5〕柱础：承柱的础石。

〔6〕《南史》：唐李延寿撰。纪传体史书，共八十卷，其中本纪十卷，列传七十卷。

〔7〕东昏：即南朝齐皇帝萧宝卷（483—501）。在位期间荒淫残暴。后被萧衍所杀。和帝立，追废其为东昏侯。

〔8〕杜少陵：即杜甫。

〔9〕"问之不肯道名姓"二句：语出唐杜甫《哀王孙》。

〔10〕这位中山公子的戏剧性人生无疑是文学创作的好素材，孔尚任将其写进了《桃花扇》，让他在全剧最后一出以皂隶的身份上场，为全

剧也为一个王朝的结束拉上了帷幕。且看其开场白："朝陪天子辇，暮
把县官门。皂隶原无种，通侯岂有根。自家魏国公嫡亲公子徐青君的便
是，生来富贵，享尽繁华。不料国破家亡，剩了区区一口，没奈何在上
元县当了一名皂隶，将就度日。今奉本官签票，访拿山林隐逸，只得下
乡走走。"

【译文】

　　有一天，徐青君与本该受刑者约好杖数，计算酬金。到了受
刑时，杖责的数量却超过了约定的一倍，他大喊道："我是徐青
君。"兵宪林天擎吓了一跳，向下属了解情况，有哀怜王孙公子的
人跪下来答道："这是魏国公公子徐青君，因贫困替人代受杖责。
这间衙门本来是他家的客厅，他才不由得伤心哭喊了。"林天擎可
怜徐青君，就放了他，好好安慰他，并说："你若有不是钦赐的可
以偿还的财产，我会帮你清算还回来，让你凭此安度余生。"林青
君磕头道谢说："花园是我自己建造的，不是钦赐的财产。"林天
擎答应了，给了很多钱把他送走，归还了他的园林，徐青君就靠
卖园中的花草、础石来养活自己。我看《南史》记载，东昏侯萧
宝卷的妃子靠卖蜡烛赚钱。杜甫在《哀王孙》诗中说："问之不
肯道名姓，但道困苦乞为奴。"哎！这难道是虚言吗！这难道是虚
言吗！

9. 同人社集

同人社集松风阁[1]，雪衣、眉生皆在[2]。饮罢，联骑入城[3]。红妆翠袖[4]，跃马扬鞭，观者塞途[5]。太平景象，恍然心目[6]。

【注释】

〔1〕同人：同仁。 社集：结社雅集。 松风阁：在南京雨花台，为当时文人雅集之所。清金鳌《金陵待征录》："在高座寺，白云之居也。"作者《戊申看花诗》其五十二："曳杖携琴负酒尊，夕阳山色早平分。松风梦到陶弘景，岭上赠君多白云。"注："松风阁。"

〔2〕雪衣：李十娘，字雪衣。 眉生：顾媚，字眉生。

〔3〕联骑：连骑，并乘。

〔4〕红妆翠袖：穿着盛装的美貌女子。

〔5〕塞途：堵塞道路。形容人多拥挤。

〔6〕恍然心目：仿佛还在眼前。

【译文】

我与众同仁在松风阁结社雅集，李十娘、顾媚也都参加。宴饮结束后，大家一起骑马进城。美人艳丽夺目，扬鞭跃马，路边挤满了围观的人群。一派太平盛世景象，仿佛还在眼前浮现。

10. 妙绝扮相

丁继之扮张驴儿娘[1]，张燕筑扮宾头卢[2]，朱维章扮武大郎[3]，皆妙绝一世。丁、张二老并寿九十余。钱虞山《题三老图》诗末句云："秦淮烟月经游处，华表归来白鹤知[4]。"不胜黄公酒垆之叹[5]。

【注释】

〔1〕丁继之：即丁胤。　张驴儿娘：明叶宪祖《金锁记》中的角色，为丑角。

〔2〕宾头卢：即宾头卢罗堕誓尊者，十八罗汉中的第一位。这里指明屠隆《昙花记》中的角色。

〔3〕武大郎：本为小说《水浒传》中的人物形象，系行者武松的兄长。这里指明沈璟《义侠记》中的角色，为丑角。钱谦益在其诗作《甲午仲冬六日，吴门舟中饮罢放歌，为朱生维章六十称寿》中这样描绘朱维章："生来长不满六尺，胸中老气横九州。"宋征舆《朱维章》诗亦有小注："其人侏儒，故以七尺况之。"可见朱维章身材相当矮小，这似乎是个生理缺陷，但对他扮演武大郎来说，这又是一个绝佳的优势。因为在《义侠记·游街》这出戏中，扮演武大郎的演员要表演具有很高难度的矮子步，又称蜘蛛形，即演员必须蹲下身体，下身系一宽裙，双腿缩在里面，做虎跳、飞脚等一系列动作。

〔4〕华表归来白鹤知：典出晋陶潜《搜神后记》："丁令威，本辽东人，学道于灵虚山。后化鹤归辽，集城门华表柱。时有少年，举弓欲射之。鹤乃飞，徘徊空中而言曰：'有鸟有鸟丁令威，去家千年今始归。城郭如故人民非，何不学仙冢累累。'遂高上冲天。"

〔5〕黄公酒垆之叹：典出南朝宋刘义庆《世说新语·伤逝》："王濬
冲为尚书令，着公服，乘轺车，经黄公酒垆下过，顾谓后车客：'吾昔
与嵇叔夜、阮嗣宗共酣于此垆。竹林之游，亦预其末。自嵇生夭、阮公
亡以来，便为时所羁绁。今日视此虽近，邈若山河。'"后世常以"黄公
酒垆"代指朋友聚饮之所，抒发物是人非之叹。

【译文】

　　丁胤扮演《金锁记》中的张驴儿娘，张燕筑扮演《昙花记》
中的宾头卢，朱维章扮演《义侠记》中的武大郎，都是当世最为
绝妙的。丁胤、张燕筑二老都活了九十多岁。钱谦益《题三老
图》诗的最后一句说："秦淮烟月经游处，华表归来白鹤知。"真
是让人不能不发出物是人非的感叹。

11. 邹公履

无锡邹公履游平康[1]，头戴红纱巾，身着纸衣，齿高跟屐，佯狂沉湎[2]，挥斥千黄金不顾。初场毕[3]，击大司马门鼓[4]，送试卷。大合乐于妓家[5]，高声自诵其文，妓皆称快。或时阑入梨园，氍毹上为参军鹘也[6]。

【注释】

〔1〕无锡邹公履：即邹德基，字公履，人称邹二痴。为邹迪光之子。工诗文书画，喜造园。与汤显祖、张大复等人有交往。钱泳《履园丛话》："邹公履，名德基，工于书法，出入平原、北海之间。而性情孤峭，如醉如痴，至今吾邑中人尚称邹二痴，为名笔也。其父迪光，中万历甲戌进士，为湖广提学副使。积资巨万，俱为公履造园。园有炼石阁，公履所居也。"可惜他的命不好，忽然在一天夜里莫名其妙地被盗贼杀死，案子一直没破，成为一件悬案。

〔2〕佯狂沉湎：假装疯癫的样子，沉湎其中。

〔3〕初场：科考的第一场考试。

〔4〕大司马门：在今南京鱼市街附近。

〔5〕合乐：各种乐器合奏。

〔6〕氍毹(qú shū)：毛织的布或地毯，旧时演戏时多铺在地上。这里借指舞台。 参军鹘：参军、苍鹘，唐宋时参军戏的两个脚色。唐李商隐《骄儿诗》："忽复学参军，按声唤苍鹘。"这里泛指戏曲角色。

【译文】

　　无锡邹德基在平康之地冶游，头上戴着红色的纱巾，身上穿着纸做的衣服，脚踏高跟的木屐，装疯卖傻，沉迷其中，随意挥霍大量金钱却毫不顾惜。科考第一场结束后，他敲击贡院龙门的大鼓，把自己的考卷交上去。随后在妓院大肆举办乐器合奏，亲自高声朗诵自己的文章，妓女们都非常快意。有时他也会混进戏班子里，在戏台上客串演戏。

12. 柳敬亭

柳敬亭[1]，泰州人。本姓曹，避仇流落江湖，休于树下[2]，乃姓柳。善说书，游于金陵，吴桥范司马、桐城何相国引为上客[3]。常往来南曲，与张燕筑、沈公宪俱[4]。张、沈以歌曲，敬亭以谈辞，酒酣以往，击节悲吟，倾靡四座[5]，盖优孟、东方曼倩之流也[6]。后入左宁南幕府[7]，出入兵间。宁南亡败，又游松江马提督军中[8]，郁郁不得志。年已八十余矣，间过余侨寓宜睡轩中[9]，犹说《秦叔宝见姑娘》也[10]。

【注释】

〔1〕在明末清初的民间艺人中，文人们提及最多的当数柳敬亭，这不仅仅是因其技艺高超，语惊四座，更为重要的是，他曾与许多重要的历史人物有过交往，亲身经历并参与了朝代更迭的沧桑巨变，成为一代兴亡的见证人。这自然是抒发易代之叹、离合之情的绝佳题材。

〔2〕休于树下：语当出于汉司马迁《史记·秦始皇本纪》："风雨暴至，休于树下。"

〔3〕吴桥范司马：范景文。 桐城何相国：即何如宠（1569—1641），字康侯，桐城（今安徽桐城）人。万历二十六（1598）进士，历任国子监祭酒、礼部右侍郎礼部尚书、武英殿大学士。著有《后乐堂稿》等。

〔4〕沈公宪：明末清初精通唱曲的清客，生平不详。清吴伟业在其《柳敬亭传》中曾提及此人："属与吴人张燕筑、沈公宪俱。张、沈以

歌，生以谈。"

〔5〕倾靡：倾倒。

〔6〕优孟：春秋时期楚国名优。常谈笑讽喻，曾谏止楚庄王以大夫礼葬马。善模仿，曾着楚相孙叔敖衣冠，楚王不能辨。　东方曼倩：即东方朔（前154—前93），字曼倩，厌次（今山东惠民）人。武帝时为太中大夫。性格诙谐滑稽，善辞赋，著有《答客难》等。

〔7〕左宁南：即左良玉（1599—1645），字昆山，临清（今山东临清）人。历官辽东车右营都司、援剿总兵官、太子太保。崇祯十七年（1644），封宁南伯。南明时被封宁南侯，从武昌起兵讨伐马士英，至九江病死。

〔8〕松江马提督：即马逢知（1609—1660），本名进宝，字唯善，隰州（今山西隰县）人。明时任安庆副将、都督同知。后降清，任金华总兵、苏杭常镇提督。

〔9〕宜睡轩：余怀晚年寓居之所，姜垛有《宜睡轩》诗，吴绮亦有诗作《人日澹心招集宜睡轩次韵》）。

〔10〕秦叔宝见姑娘：评话《隋唐演义》中的故事。

【译文】

柳敬亭是泰州人，原本姓曹，因躲避仇家，漂泊江湖，归隐林下，就改姓柳。柳敬亭擅长说书，在金陵一带游历，范景文、何如宠都把他视为座上宾。柳敬亭时常往来于妓院间，和张燕筑、沈公宪一起。张燕筑、沈公宪唱曲，柳敬亭说书，酒喝到酣畅，打着拍子，悲歌吟唱，倾倒所有的观众，他是优孟、东方朔一流的人物。后来，柳敬亭加入左良玉的幕府，出入兵营间。左良玉兵败而死，他又流转到马逢知的麾下，抑郁不乐，无法实现自己的志向。年过八十的时候，偶尔路过我侨居的宜睡轩，还演说了一段《秦叔宝见姑娘》的故事。

13. 姜如须

　　莱阳姜如须游于李十娘家[1]，渔于色[2]，暝不出户。方密之、孙克咸并能屏风上行[3]，漏下三刻[4]，星河皎然，连袂间行[5]，经过赵、李，垂帘闭户，夜人定矣[6]。两君一跃登屋，直至卧房，排闼拍张[7]，势如盗贼。如须下床跪称："大王乞命，毋伤十娘！"两君掷刀大笑曰："三郎郎当！三郎郎当！"[8]复呼酒极饮[9]，尽醉而散。盖如须行三，郎当者，畏辞也[10]。

　　如须高才旷代，偶效樊川[11]，略同谢傅[12]，秋风团扇[13]，寄兴扫眉[14]，非沉溺烟花之比，聊记一条，以存流风余韵云尔[15]。

【注释】
　　〔1〕莱阳姜如须：即姜垓（1614—1653），字如须，号箕笠、仞石山人，莱阳（今山东莱阳）人。崇祯十三年（1640）进士。官行人。明亡后，隐居不仕。著有《箕笠集》等。作者与其交往颇多，有诗作《吴门逢姜如须有赠》《吴郡五君咏·姜吏部如须》《姜考功》等。姜如须临终前托付作者选定其遗稿。
　　〔2〕渔于色：获得美色。
　　〔3〕方密之：即方以智。　孙克咸：即孙临。　屏风上行：典出唐李繁《邺侯外传》："李泌，字长源，赵郡中山人也。……当其为儿童时，

身轻能于屏风上立,薰笼上行。"

〔4〕漏下三刻:夜深时分。漏,古代的计时器。三刻,古代分一昼夜为百刻,三刻相当于现在的四十三分钟。

〔5〕连袂间行:一起悄悄行进。

〔6〕夜人定矣:语出东汉马第伯《封禅仪记》:"比至天门下阶,夜人定矣。"人定,夜深人静。

〔7〕排闼拍张:使劲扣门、推门。

〔8〕"三郎郎当"二句:语出唐郑綮《开天传信记》:"明皇自蜀还,以驼马载珍玩自随。明皇闻驼马所带铃声,谓黄幡绰曰:'铃声颇似人言语。'幡绰对曰:'似言三郎郎当,郎当三郎。'明皇笑且愧之。"三郎,唐玄宗小名。郎当,潦倒,狼狈。

〔9〕极饮:痛饮,畅饮。

〔10〕畏辞:形容人害怕的样子的话。

〔11〕樊川:即杜牧,曾居长安城南樊川别墅,故有杜樊川之称。

〔12〕谢傅:谢太傅,即谢安。谢安死后赠太傅,故有此称。

〔13〕秋风团扇:又作秋风纨扇。秋风起,扇子弃置不用。比喻女子色衰失宠。典出班婕妤《怨歌行》。班婕妤为汉成帝妃子,后失宠,作《怨歌行》:"新裂齐纨素,皎洁如霜雪。裁为合欢扇,团团似明月。出入君怀袖,动摇微风发。常恐秋节至,凉飙夺炎热。弃捐箧笥中,恩情中道绝。"

〔14〕扫眉:扫眉才子,有才华的女子。典出唐王建《寄蜀中薛涛校书》:"扫眉才子知多少,管领春风总不如。"

〔15〕姜垓在为余怀《枫江酒船诗》所写叙中说:"崇祯初,仆客蒋陵,与余子澹心同为布衣交。时方闻之士,咸来京邑,而刘伯宗、吴次尾、孙克咸、钱仲驭、吴鉴在、方尔止及密之兄弟辈,居游尤笃。今十年间,诸子多墓木拱矣。"由此可了解这段轶事的背景。这段轶事还被现代曲家吴梅写成戏曲《暖香楼》(后改名《湘真阁》),目的在"非独寄艳情,亦且状故国丧乱之态"。该剧写于晚清,作者借晚明文人轶事抒发胸中的感慨。

【译文】

莱阳姜垓在李十娘家冶游,他贪恋美色,在家亲昵,门都不出。方以智、孙临都会轻功,可以在屏风上走路,夜深时分,星光璀璨,二人一起悄悄行进,他们经过妓女们的房间,都垂下帘子，关上大门，此时已是夜深时分。方以智、孙临一跃登上屋顶，径直到了姜垓的卧室，使劲拍门推门，气势汹汹如同盗贼。姜垓下床跪在地上说："大王饶命，不要伤害李十娘！"两人扔下刀大笑道："三郎好狼狈呀！三郎好狼狈呀！"于是大家又开怀畅饮，直到喝醉才散去。姜垓在家排行第三，"郎当"是形容他害怕样子的话。

姜垓是当世的高才，偶尔效仿风流的杜牧游青楼，也像谢安东山携妓那样，郁郁不得志而寄情富有才华的妓女，并非那些沉溺于烟花之辈可比。姑且记下这么一件事，来保存他的风流韵事。

14. 陈则梁

　　陈则梁，人奇文奇，举体皆奇。尝致书眉楼，劝其早脱风尘，速寻道伴[1]，言词激切。眉生遂择主而事，诚以惊弓之鸟，遽为透网之鳞也[2]。扫眉才子，慧业文人[3]，时节因缘，不得不为延津之合矣[4]。

【注释】

　　[1] 道伴：伴侣，旅伴。　作者说陈则梁"人奇文奇，举体皆奇"，从同时期其他人的记载来看，也确实如此，如朱彝尊《经义考》称其"厌薄时文，留心稽古，又精书法。其《易说》数种，以阐其祖东涯所未备，晚遁迹于酒。预为茧室，覆之以屋，比于亡国之社，自题其柱曰：此佛自来耽米汁，至今孤冢有梅花。亦好奇之士也"。从其劝顾媚"早脱风尘"这件事来看，可谓奇而有致，奇而不怪，他的脑子还是非常清醒的，并非一味地走怪奇路线。

　　[2] 透网之鳞：漏网之鱼，引申为能突破束缚、获得自由的人或事物。

　　[3] 慧业文人：有文学天赋、与文字结缘的人。典出《宋书·谢灵运传》："太守孟顗事佛精恳，而为灵运所轻，尝谓顗曰：'得道应须慧业文人，生天当在灵运前，成佛必在灵运后。'顗深恨此言。"

　　[4] 延津之合：又称延津剑合，意思是因缘会合。典出《晋书·张华传》：丰城令雷焕得龙泉、太阿两剑，以其一与张华。后张华被诛，剑失所在。雷焕死，其子持剑行经延平津，剑忽跃出堕水。使人入水取之，但见两龙蟠萦，波浪惊沸。作者《到平原下陈历史署斋》："尊开文举风生座，剑合延津月满河。"

【译文】

陈则梁，为人特立独行，诗文奇诡，整个人都不同凡响。他曾致信顾媚，劝说她早日脱离风尘，赶快寻找一位伴侣，语言激烈恳切。顾媚于是选了一位主人长久跟随，真是从惊弓之鸟一下挣脱束缚，获得了自由。富有才情的女子，天赋斐然的文人，因缘际会，不能不走向天作之合。

15. 忆江南

十七八女郎歌"杨柳岸，晓风残月"[1]，若在曲中，则处处有之，时时有之。予作《忆江南》词有云："江南好景本无多，只在晓风残月下。"思之只益伤神，见之不堪回首矣。

【注释】

〔1〕杨柳岸，晓风残月：语出宋柳永《雨霖铃》。宋俞文豹《吹剑录》："东坡在玉堂日，有幕士善歌，因问：'我词何如柳七？'对曰：'柳郎中词，只合十七八女郎执红牙板，歌杨柳岸，晓风残月；学士词，须关西大汉铜琵琶、铁绰板，唱大江东去。'"

【译文】

十七八岁的小姑娘唱"杨柳岸，晓风残月"，倘若在旧院里，这种景象处处都有，时时可见。我在《忆江南》词说："江南好景本无多，只在晓风残月下。"想到这些，愈发黯然神伤，见到也是不堪回首了。

16. 串　戏

沈公宪以串戏见长，同时推为第一。王式之中翰、王恒之水部，异曲同工。游戏三昧[1]，江总持[2]、柳耆卿依稀再见[3]，非如吕敬迁、李仙鹤也[4]。

【注释】

〔1〕游戏三昧：佛教语。意为自在无碍，不失定意。指达到超脱自在的境界。

〔2〕江总持：即江总(519—594)，字总持，考城(今河南兰考)人。梁时，官至太常卿。入陈，官至尚书令，而不理政务，日与陈后主游宴宫中，时人称其为"狎客"。

〔3〕柳耆卿：即柳永(约987—约1053)，原名三变，字耆卿，崇安(今福建崇安)人。官至屯田员外郎、余杭令。喜出入烟花柳巷，混迹于歌妓乐工间。北宋著名词人，著有《乐章集》等。

〔4〕吕敬迁、李仙鹤：皆为唐代艺人。据唐段安节《乐府杂录》记载："开元中，有李仙鹤善此戏，明皇特授韶州同正参军，以食其禄。……咸通以来，即有范传康、上官唐卿、吕敬迁三人，弄假妇人。"

【译文】

沈公宪擅长客串演戏，被时人共推为佼佼者。在这方面王民、王恒之两人也各有所长。他们潇洒自在，毫无挂碍，就像江总、柳永再世，而不是像吕敬迁、李仙鹤那样。

17. 李三娘

乐户有妻有妾，防闲最严[1]，谨守贞洁，不与人客交言。人客欲强见之，一揖之外，翻身入帘也。

乱后，有旧院大街顾三之妻李三娘者，流落江湖，遂为名妓。忽为非类所持[2]，暴系吴郡狱中[3]。余与刘海门[4]、梦锡兄弟及姚翼侯[5]、张鞠存极力拯之[6]，致书司李李蠖庵[7]，仅而得免。然亦如严幼芳[8]、刘婆惜[9]，备受箠楚决杖矣[10]。

【注释】
　〔1〕防闲：防范，防备。
　〔2〕非类：行为不端的人。
　〔3〕暴：忽然。
　〔4〕刘海门：生平事迹待考。据龚鼎孳《刘海门同卿观察通密》诗、赵吉士《大酺·己未重三，偕曹秋岳司农、杨靖调银台、刘海门同卿……》词可知，这位刘海门曾做过太仆卿。同卿为太仆卿别称，掌管舆马、畜牧等事。另程廷祚有书信《与刘海门》，曾灿有《留别刘海门世伯》诗，方孝标有《金叔侃招饮桂花，依韵和澹心（刘海门、姚翼侯携静容、湘疑二校书）》诗。

　〔5〕刘梦锡：或即刘余琩，字梦锡，号鹤山。怀宁（今安徽怀宁）人。曾任诸暨知县。李渔有诗作《送刘梦锡使君宰诸暨》、书信《与诸暨明府刘梦锡》，曾灿有诗作《送世叔刘梦锡之任诸暨》。　姚翼侯：即姚文

燕（1630—1675），字翼侯，号小山。桐城（今安徽桐城）人。顺治十八年（1661）进士。历官江西德安知县、主事。著有《春草园诗文集》等。

〔6〕张鞠存：即张新标（1617—1679），字鞠存，号淮山。山阳（今江苏淮安）人。顺治六年（1649）进士，官户部主事。

〔7〕司李：司理，推官的别称。作者有诗作《送童华伯司李惠州》。 李蟆庵：即李壮（1623—1658），字蟆庵。济宁（山东济宁）人。顺治十五年（1658）年进士。历任苏州府推官、京山县知县。

〔8〕严幼芳：古代笔记小说载：严蕊，字幼芳，南宋天台（今浙江天台）营妓，善弈棋、歌舞、丝竹、书画，能作诗词。浙东提举朱熹出于私怨，诬陷唐仲友，谓其与严蕊有染，系蕊于狱。严蕊一再受刑，又被移至绍兴狱中，前后两月，委顿几死，终不肯招承。后朱熹改官，岳霖继任，判令严蕊从良。作者《余子说史》亦载此事。其实此皆诬妄不实之说。

〔9〕刘婆惜：元代歌妓。通文墨，善歌舞。一日偕其所好宵遁，被发现后，处以杖刑。

〔10〕箠（chuí）楚：棰楚，鞭杖之刑。 决杖：杖刑。

【译文】

乐户们也有妻有妾，但都严加防范，坚守贞节，不与客人说话。客人即便勉强见一面，她们也只是出来行个礼，就转身回到帘后。

甲申之变后，旧院大街有位顾三，他的妻子李三娘在江湖漂泊，最后成为名妓。她忽然被行为不端的人挟持，投入吴郡的监牢。我和刘海门、刘余琚兄弟及姚文燕、张新标一起尽力营救，写信给推官李壮，这样才免掉牢狱之灾，然而她还是像严蕊、刘婆惜那样，受尽了鞭笞杖刑。

三娘长身玉色，倭堕如云[1]，量洪善饮，饮至百觥不醉。时辛丑中秋之际[2]，庭桂盛开，置酒高会，黄兰岩[3]、方邵村及玉峰女士冯静容偕来[4]。居停主人金叔侃[5]，尽倾家酿，分曹角胜[6]，轰饮如雷，如项羽、章邯钜鹿之战，诸侯皆作壁上观[7]。饮至天明，诸君皆大吐，静容亦吐，髻鬟委地，或横卧地上，衣履狼藉。惟三娘醒，然犹不眠，倚桂树也。兰岩贾其余勇，尚与翼侯喝拳，各尽三四大斗而别。

　　嗟乎！俯仰岁月之间，诸君皆埋骨青山，美人亦栖身黄土。河山邈矣，能不悲哉！

【注释】

〔1〕倭堕：即倭堕髻，女子的一种发式。《乐府诗集·相和歌辞三·陌上桑》："头上倭堕髻，耳中明月珠。"

〔2〕辛丑：顺治十八年（1661）。

〔3〕黄兰岩：即黄宣泰，字兰岩，山阳（今江苏淮安）人。顺治六年（1649）进士，历官大理寺评事、宁夏兵备道副使。

〔4〕方邵村：即方亨咸（1620—1681），字吉偶，号邵村。桐城（今安徽桐城）人。顺治四年（1647）进士，历任丽水、获鹿县令、陕西道监察御史。善书法，精于山水、花鸟。　玉峰：玉峰山，在今江苏昆山西北。　冯静容：即冯湘，字静容，昆山（今江苏昆山）人。明末名妓，善歌舞、演剧，工兰竹。后为海盗所杀。尤侗有诗作《同诸子宴珍示堂中，观静容演西子、红娘杂剧，再叠前韵》。

〔5〕居停主人：寄居处的主人。这里当指做东的人。　金叔侃：此人待考。方孝标有诗《金叔侃招饮桂花，依韵和澹心（刘海门、姚翼侯携静容、湘疑二校书）》。

〔6〕分曹角胜：分对较量。

〔7〕"项羽、章邯钜鹿之战"二句：典出汉司马迁《史记·项羽本纪》："诸侯军救钜鹿，下者十余壁，莫敢纵兵。及楚击秦，诸将皆从壁上观。"

【译文】

　　李三娘身长体白，发髻如云，她量大善饮，喝上百杯都不会醉。顺治十八年中秋，庭中桂花盛放，大家摆酒聚会，黄宣泰、方亨咸及玉峰女士冯湘都来助兴。金叔侃做东，将自家佳酿酒全部拿出，众人分对较量，斗酒声如雷鸣般，就像当年钜鹿之战那样，旁观的人都作壁上观。喝到天亮，大家狂吐不止，冯湘也吐了，秀发垂在地上，有的人横躺在地上，衣服鞋子一片混乱。只有李三娘十分清醒，但还没睡觉，倚着桂花树。黄宣泰尚有余勇，仍和姚文燕喝酒划拳，各自喝了三四斗酒，这才分别。

唉！转眼间时光流逝，这些人的骸骨都已埋在青山下，名妓美人也已委身黄土之中。昔日的朋友远隔山河，怎能不令人悲伤呢！

18. 一觉扬州

吴兴太守吴园次《吊董少君诗序》有云[1]："当时才子，竟着黄衫[2]；命世清流[3]，为牵红线[4]。玉台重下，温郎信是可人[5]；金屋偕归，汧国遂成佳妇[6]。"是时，钱虞山作于节度[7]，刘渔仲为古押衙[8]，故云云尔。辟疆老矣，一觉扬州，岂其梦耶[9]！

【注释】
〔1〕吴兴太守吴园次：即吴绮，字园次，其生平情况见前注。 董少君：董小宛。少君，对别人妻子的尊称。
〔2〕黄衫：隋唐时期少年所穿黄色的华贵服装，这里泛指华丽的服装。
〔3〕命世清流：当世文人。
〔4〕牵红线：典出五代王仁裕《开元天宝遗事·牵红丝娶妇》：唐宰相张嘉贞欲纳才子郭元振为婿，令五女各持一红丝线于幔后，让郭任选其一牵之，得者为婿。郭牵得第三女。
〔5〕"玉台重下"二句：南朝宋刘义庆《世说新语·假谲》："温公丧妇。从姑刘氏，家值乱离散，唯有一女，甚有姿慧。姑以属公觅婚，公密有自婚意，答云：'佳婿难得，但如峤比，云何？'姑云：'丧败之余，乞粗存活，便足慰吾余年，何敢希汝比？'却后少日，公报姑云：'已觅得婚处，门地粗可，婿身名宦尽不减峤。'因下玉镜台一枚。姑大喜。既婚，交礼，女以手披纱扇，抚掌大笑曰：'我固疑是老奴，果如所卜。'"玉台，即玉镜台。温郎，即温峤（288—329），字太真，祁县（今

山西祁县)人。性聪敏,有胆识,博学善文。

〔6〕"金屋偕归"二句:典出唐白行简《李娃传》:李娃本为长安娼女,常州刺史荥阳公之子进京赶考,与之相识,几经曲折,两人终成眷属。荥阳生后为数郡之守,李娃也被封为汧(qiān)国夫人。

〔7〕于节度:即于顿,字允元,洛阳(今河南洛阳)人。历官长安令、驾部郎中、湖州刺史、山南东道节度使等。典出唐范摅《云溪友议》:秀才崔郊寓居姑母家,与姑家婢女相爱。姑贫,将婢女卖给山南东道节度使于顿。崔郊思慕不已,寒食节与婢相遇于柳阴,以诗相赠:"公子王孙逐后尘,绿珠垂泪滴罗巾。侯门一入深如海,从此萧郎是路人。"于顿看到诗后,即以婢女归之。钱虞山作于节度事,冒辟疆《和书云先生己巳夏寓桃叶渡口即事感怀原韵》跋语曾述其事:"至牧斋先生,以三千金同柳夫人为余放手作古押衙,送董姬相从,则壬午秋冬事。"

〔8〕刘渔仲:即刘履丁,字渔仲。曾玉成董小宛与冒辟疆之事。古押衙:唐薛调《无双传》的人物。王仙客欲娶表妹刘无双,事未成,无双因父事没入掖庭。押衙受仙客之托,得丹药,让无双旧婢采苹假作中使,谓无双逆党,赐令自尽。古押衙托以亲故,赎其尸归仙客。三日后,无双复活。押衙为绝追踪而自尽。押衙,掌管仪仗、侍卫的武职人员。

〔9〕"一觉扬州"二句:语出唐杜牧《遣怀》:"十年一觉扬州梦,赢得青楼薄幸名。"

【译文】

　　吴兴太守吴绮在其《吊董少君诗序》中写道:"当时的才子,争穿华丽的服装;当世的文人,为冒辟疆、董小宛牵红线。下定情礼物,冒辟疆真是称心如意之人;一起回到华美的房屋,董小宛最终成了冒辟疆的侍妾。"那时,钱谦益、刘履丁大力促成董小宛与冒辟疆的姻缘,就像于顿帮助崔郊思、古押衙帮助刘无双一样。所以《吊董少君诗序》才这样写。如今冒辟疆已经老了,杜牧《遣怀》诗中说扬州梦醒,冒辟疆与董小宛的这段情缘莫非也是一个梦吗?

19. 李贞丽

李贞丽者，李香之假母[1]。有豪侠气，尝一夜博输千金立尽。与阳羡陈定生善[2]。

香年十三，亦侠而慧，从吴人周如松受歌《玉茗堂四梦》[3]，皆能妙其音节，尤工琵琶。与雪苑侯朝宗善[4]，阉人儿某者欲内交于朝宗[5]，香力谏止，不与通。朝宗去后，有故开府田仰以重金邀致香[6]。香辞曰："妾不敢负侯公子也。"卒不往。盖前此阉儿恨朝宗，罗致欲杀之。朝宗跳而免，并欲杀定生也，定生大为锦衣冯可宗所辱[7]。

【注释】

〔1〕李贞丽：字淡如。工诗善画，著有《歆芳集》。这一则看似写李贞丽，主要是在写李香君。有关李贞丽的记载甚少，她除了豪侠之举外，诗词写得也不错。清雷瑨《青楼诗话》记载："《词苑丛谈》载明妓李贞丽句：'相思莫写上阳花。恐被风吹，愁起满天涯。'用唐雍陶诗意。不减草衣道人《忆秦娥》曲也。贞丽，《明词综》不录。"《明诗综》收录其《月夜有怀》："不见风前旧令君，满庭霜月白于云。仙居只隔清溪曲，此夜钟声应共闻。"关于李香君，与其交情深厚的侯方域写有《李姬传》，所记事迹与本书大体相同，但更为详细，可以参看。

〔2〕阳羡：宜兴的别称。　陈定生：即陈贞慧（1604—1656），字定生，宜兴（江苏宜兴）人。为复社重要成员，以文采风流著称，与侯方

域、方以智、冒襄并称"四公子"。曾撰《留都防乱檄》，声讨阮大铖。明亡后，隐居不出。著有《陈处士遗书》《皇明语林》《山阳录》《雪岭集》《交游录》等。

〔3〕吴人周如松：后改名苏昆生（1600—1679），固始（今河南固始）人。长期寓居金陵。曾入阮大铖家班授曲，为左良玉幕府。明亡后曾出家，流落江南一带，以授曲为生。　《玉茗堂四梦》：或称《临川四梦》，汤显祖所著四部戏曲作品《紫钗记》《牡丹亭》《南柯记》《邯郸记》的合称。因四部作品皆涉梦境，临川为汤显祖家乡，玉茗堂为汤显祖住所名，故有此称。

〔4〕雪苑侯朝宗：即侯方域（1618—1654），字朝宗，号雪苑。商丘（今河南商丘）人。户部尚书侯恂之子。为复社重要成员，少年即有才名，豪迈不羁。入清后曾应河南乡试，为副贡生。著有《壮悔堂文集》《四忆堂诗集》等。

〔5〕阉人儿某者：指阮大铖。阉人，宦官。　内交：结交。

〔6〕开府：旧时高级官员成立府署，选置僚属。这里泛指权贵。田仰（1590—1651）：字百源，思南（今贵州思南）人。万历四十二年（1614年）进士。历官吏部主事、太仆寺卿、兵部尚书。南明时任淮扬巡抚。

〔7〕锦衣：即锦衣卫。明代特务机构，掌管侦察、逮捕、审讯之事。　冯可宗（？—1645）：益都（今山东青州）人。南明时任锦衣卫指挥都督，为马士英、阮大铖爪牙，生活奢侈。

【译文】

李贞丽是李香的鸨母，有豪侠之气，曾经一夜之间赌博输掉千金。她和宜兴陈贞慧交好。

李香时年十三岁，也有豪侠之气，且十分聪慧，她跟随吴地苏昆生学唱《玉茗堂四梦》，每个音节吐字美妙，尤其善于弹奏琵琶。李香与侯方域交好，阉党阮大铖想要与侯方域结交，李香极力劝阻，侯方域最终没和阮大铖打交道。侯方域离开后，一位权贵田仰用重金招致李香侍奉他。李香推辞说："我不敢辜负侯公子。"最终没有前去。此前阮大铖记恨侯方域，想要抓住他杀掉。侯方域逃脱免祸，阮大铖还想杀了陈贞慧，陈贞慧受到锦衣卫冯可宗严重凌辱。

20. 曲中之变

云间才子夏灵胥作《青楼篇》寄武塘钱漱广[1]，末段云：

二十年来事已非，不开画阁锁芳菲[2]。

那堪两院无人到[3]，独对三春有燕飞[4]。

风弦不动新歌扇[5]，露井横飘旧舞衣[6]。

花草朱门空后阁，琵琶青冢恨明妃[7]。

独有青楼旧相识，蛾眉零落头新白[8]。

梦断何年行雨踪，情深一调留云迹。

院本伤心正德词[9]，乐府销魂教坊籍。

为唱当时《乌夜啼》[10]，青衫泪满江南客[11]。

观此，可以尽曲中之变矣，悲夫！

【注释】

〔1〕云间才子夏灵胥：即夏完淳（1631—1647），原名复，字存古，号小隐、灵首、灵胥。松江华亭（今上海松江）人。明亡后随父亲抗清，被捕就义。天资极高，工诗文。 《青楼篇》：夏完淳这首诗的全称是《青楼篇与漱广同赋》，当时他年仅十五岁，一如当年以风流自居的作

者。甲申之变改变了夏完淳的人生道路，使其从一位风流才子成长为一位少年英雄。　武塘钱漱广：即钱熙（1620—1646），字漱广，嘉善（今浙江嘉善）人。为夏完淳内兄，复社成员。作者写有诗作《武塘十友·钱漱广》，称其"公子才名原海岱，书生意气自云霞"。

〔2〕画阁：装饰华丽的楼阁。

〔3〕两院：唐崔令钦《教坊记》："凡楼下两院进杂妇女，上必召内人姊妹入内，赐食。"两院当指宜春院、内教坊。

〔4〕三春：农历春季三个月，即正月孟春，二月仲春，三月季春。

〔5〕风弦：本指风吹物体而发声，这里指风。

〔6〕露井：没有覆盖的水井。

〔7〕青冢：王昭君墓，在今内蒙古呼和浩特南。　明妃：即王嫱，字昭君，汉元帝时入宫，后自请远嫁匈奴单于。晋代为避司马昭名讳，改称明君，后人又称其为明妃。

〔8〕蛾眉：美丽的女子。

〔9〕正德：指明武宗朱厚照（1491—1521），年号正德。

〔10〕乌夜啼：乐府清商曲辞《西曲歌》名。

〔11〕青衫泪满江南客：语出唐白居易《琵琶行》："座中泣下谁最多，江州司马青衫湿。"

【译文】

　　云间才子夏完淳写了一首《青楼篇》寄给钱熙，其末几句写道："二十年来事已非，不开画阁锁芳菲。那堪两院无人到，独对三春有燕飞。风弦不动新歌扇，露井横飘旧舞衣。花草朱门空后阁，琵琶青冢恨明妃。独有青楼旧相识，蛾眉零落头新白。梦断何年行雨踪，情深一调留云迹。院本伤心正德词，乐府销魂教坊籍。为唱当时《乌夜啼》，青衫泪满江南客。"读这首诗，可以详细了解旧院的变化，多么让人悲伤啊！

附题谢时臣盒子会图[1]

沈石田《盒子会辞并序》云[2]："南京旧院，有色艺俱优者，或二十三十姓，结为手帕姊妹[3]。每上节[4]，以春橐巧具殽核相赛[5]，名'盒子会'。凡得奇品为胜，输者罚酒酹胜者。中有所私[6]，亦来挟金助会，厌厌夜饮[7]，弥月而止。席间设灯张乐，各出其技能，赋此以识京城乐事也。"

> 平康灯宵闹如沸，灯火烘春笑声内[8]。
>
> 盒奁来往斗芳邻，手帕绸缪通姊妹。
>
> 东家西家百络盛，妆殽饤核春满橐。
>
> 豹胎间挟鳇冰脆[9]，乌榄分搋椰玉生[10]。
>
> 不论多同较奇有，品里输无倒赔酒。
>
> 呈丝逞竹会心欢，褭钞禅金走情友[11]。
>
> 哄堂一月自春风[12]，酒香人语百花中。
>
> 一般桃李三千户，亦有愁人隔墙住。

【注释】

〔1〕"盒子会"这一习俗在明清时期相当流行，在这一时期的小说、戏曲中亦有相关描写，如《金瓶梅词话》第四十五回《桂姐央留夏花儿　月娘含怒骂玳安》："有我五姨妈那里又请了许多人来做盒子会。"《儒林外史》第五十三回《国公府雪夜留宾　来宾楼灯花惊梦》："每到春三二月天气，那些姊妹们都匀脂抹粉，站在前门花柳之下，彼此邀伴

顽耍。又有一个盒子会，邀集多人，治备极精巧的时样饮馔，都要一家赛过一家。"《桃花扇·访翠》："〔生〕是了，今日清明佳节，故此皆去赴会，但不知怎么叫做盒子会？〔丑〕赴会之日，各携一副盒儿，都是鲜物异品，有海错、江瑶、玉液浆。〔生〕会期做些甚么？〔丑〕大家比较技艺，拨琴阮，笙箫嘹亮。"

〔2〕沈石田：即沈周（1427—1509）：字启南，号石田、白石翁，长洲（今属江苏苏州）人。善画山水，与文徵明、唐寅、仇英合称"明四家"。工诗文，喜藏书，著有《石田集》《客座新闻》《江南春词》《石田杂记》等。

〔3〕手帕姊妹：妓女结拜成的姊妹。

〔4〕上节：当为上元节，即元宵节，农历正月十五。

〔5〕春擎巧具殽核：用食盒盛着精美的食品。春擎，又名春盛、春桶，春日出游携带的食盒，泛指冷碟拼盘之类。明徐咸《西园杂记》："肴馔之具曰春盘，果茶之品曰春盛，又曰春榼，曰春擎。"殽核，即肴核，肉类和果类食品。晋左思《蜀都赋》："金罍中坐，肴核四陈。"

〔6〕所私：喜欢的人。

〔7〕厌厌：漫长、绵长的样子。

〔8〕烘春：色彩明艳、鲜亮的样子。

〔9〕豹胎：豹的胎盘，这里泛指珍贵的菜肴。　鳇冰：鳇鱼的软骨，脆软可食。

〔10〕乌榄：橄榄的一种。　椰玉：椰子的瓤肉，因其色白，故称。

〔11〕裒（póu）钞裨金：敛聚金钱。

〔12〕哄堂：举座欢笑。

【译文】

沈周在其《盒子会辞并序》中写道："在南京旧院，那些容貌美丽、富有才情的名妓们，或二十人，或三十人，结为亲密的姐妹。每到上元节，她们就用食盒盛着各色美味佳肴互相比赛，名为'盒子会'。被评定为奇品的就是胜者，输的人则被罚向胜者敬酒。倘若有喜爱的人参与盒子会，其情郎也会带着钱前来襄助，大家彻夜饮酒聚会，满一个月才会停止。宴席间灯光璀璨，鼓乐齐鸣，名妓们各展技艺，我写这首诗来记录京城中的这段欢乐故事。"

这首诗是："平康灯宵闹如沸，灯火烘春笑声内。盒奁来往斗芳邻，手帕绸缪通姊妹。东家西家百络盛，妆靛钉核春满檠。豹胎间挟鳇冰脆，乌榄分挽椰玉生。不论多同较奇有，品里输无倒赔酒。呈丝逞竹会心欢，哀钞裨金走情友。哄堂一月自春风，酒香人语百花中。一般桃李三千户，亦有愁人隔墙住。"

后　跋[1]

　　狭邪之游，君子所戒。然谢安石东山携妓[2]，白香山眷恋温柔[3]，一则称江左风流[4]，一则称广大教化[5]。因偶适其性情，亦何害为君子哉。唐有处士李戡者[6]，痛恶元、白诗[7]，谓其纤艳不逞[8]，淫言亵语[9]，入人肌骨，不可除去。秀铁面亦诃黄鲁直作为绮诗，当堕泥犁地狱[10]。余之编斯记也，将毋为李处士所诟、秀铁面所诃乎？然管仲相桓公[11]，置女闾七百[12]，征其夜合之资以富国[13]。则始作者[14]，其惟管仲乎？孟子之卑管、晏[15]，有以哉[16]！有以哉！

　　余甲申以前诗文尽皆焚弃[17]，中有赠答名妓篇语甚多，亦如前尘昔梦[18]，不复记忆。但抽毫点注[19]，我心写兮[20]，亦泗水潜夫记《武林旧事》之意也[21]。知我罪我，余乌足以知之[22]。

【注释】
　　〔1〕后跋：此为《说铃》本所载，不见于《昭代丛书》本。
　　〔2〕谢安石东山携妓：谢安在隐居东山时纵情山水，每出游必携妓同行，逍遥自适。台北故宫博物院藏有明人郭诩所绘《东山携妓图》。作者《咏怀古迹·谢公墩》诗序："谢安居会稽，东山高卧。及至金陵，筑土拟之。每一出游，丝竹甚盛。"东山，今浙江绍兴。
　　〔3〕白香山眷恋温柔：白居易对其姬妾樊素、小蛮非常宠爱，写有诗句"樱桃樊素口，杨柳小蛮腰"。作者《念奴娇·为云田少姬周宝镫题〈坐月浣花图〉》："当日苏氏朝云，白家樊素，都是风流话。"白香

山，即白居易，因其自号香山居士，故有此称。

〔4〕江左风流：谢安在当时有江左风流宰相之称。作者《东山谈苑》："江左风流宰相，惟有谢安。若围棋赌墅，坐败秦兵，乃真风流也。后人可轻言风流耶？"

〔5〕广大教化：唐张为在其《诗人主客图》中称白居易为广大教化主。

〔6〕处士：有才德而隐居不仕的人，后泛指未做过官的士人。　李戡(783—837)：本名天授，一名飞。字定臣。陇西成纪(今甘肃秦安西北)人。曾任平卢节度巡官。

〔7〕痛恶元、白诗：据杜牧《唐故平卢军节度巡官陇西李府君墓志铭》，李戡曾言："尝痛自元和以来，有元、白诗者，纤艳不逞，非庄士雅人，多为其所破坏。流于民间，疏于屏壁，子父女母，交口教授。淫言媟语，冬寒夏热，入人肌骨，不可除去。"元、白，唐代诗人元稹、白居易的并称。《旧唐书·元稹传》："稹聪警绝人，年少有才名，与太原白居易友善，工为诗，善状咏风态物色，当时言诗者称元白焉。"

〔8〕纤艳不逞：细巧艳丽，惑乱人心。

〔9〕淫言媟(dié)语：轻浮淫秽的言辞。

〔10〕"秀铁面"二句：语出南宋普济《五灯会元》："秀曰：'汝以艳语动天下人淫心，不止马腹中，正恐生泥犁耳。'公悚然悔谢，由是绝笔。"秀铁面，宋代僧人法秀(1027—1090)，俗姓辛。不攀权贵，刚直严峻，禅门称其为"秀铁面"。黄鲁直，即黄庭坚，字鲁直。绮诗，风格香艳的诗歌。泥犁，即泥犂，梵语的译音，意为地狱。

〔11〕管仲(？—前645)：名夷吾，字仲，颍上(今安徽颍上)人。出身微贱。辅佐齐桓公成为春秋时期第一个霸主。著有《管子》。　桓公：即齐桓公(？—前643)，姜姓，名小白。春秋时齐国国君。

〔12〕置女闾七百：典出《战国策》："齐桓公宫中七市，女闾七百，国人非之。"女闾，妓女聚集之所。

〔13〕夜合之资：卖身所得资金。明杨慎《升庵集》："齐有女闾七百，征其夜合之资，以充国用。"

〔14〕始作者：即始作俑者。

〔15〕孟子之卑管、晏：典出《孟子·公孙丑上》，孟子认为管仲"得君如彼其专也，行乎国政如彼其久也，功烈如彼其卑也"。管，即管仲。晏，即晏婴(？—前500)，字平仲。夷维(今山东高密)人。历灵公、庄公、景公三世为卿。传世有《晏子春秋》，系依据其言行编辑而成。

〔16〕有以：有原因，有道理。

〔17〕余甲申以前诗文尽皆焚弃：在该句前，原有"吴兴太守吴园次《吊董少君诗序》有云：'当时才子，竟着黄衫；合世清流，为牵红绣。玉台重下，温郎信是可人；金屋偕归，沔国遂成佳妇。'是时，钱虞山作于节度，刘渔仲为古押衙，故云云尔。辟疆老矣，一觉扬州，岂其梦耶！"一段文字，因已见于前文，今删去。

〔18〕前尘昔梦：往事旧梦。

〔19〕抽毫点注：动笔写作。

〔20〕我心写兮：语出《诗经·小雅·蓼萧》："既见君子，我心写兮。"写，愉快，舒畅。

〔21〕泗水潜夫：即周密（1232—1298），字公谨，号草窗，别号泗水潜夫。吴兴（今浙江湖州吴兴）人。曾官义乌知县。南宋亡后，隐居不仕。著有《齐东野语》《癸巳杂识》等。 《武林旧事》：周密所写追忆南宋都城临安城市风土人情的一部笔记体著作。作者在序中云："时移物换，忧患飘零，追想昔游，殆如梦寐，而感慨系之矣。……青灯永夜，时一展卷，恍然类昨日事，而一旦朋游沦落，如晨星霜叶，而余亦老矣。噫，盛衰无常，年运既往，后之览者，能不兴忾我寤叹之悲乎！"

〔22〕乌：哪，何。 后跋呼应自序，仍是在表明心迹，希望读者既不要沉迷于风月繁华的表象，也不要以道德的尺度来苛求作者，如能用阅读周密《武林旧事》的角度来理解本书，作者也就知足了。"知我罪我，余乌足以知之"，对后人可能进行的批评指责，作者显然已经预料到了。

【译文】

浪迹青楼，君子应当警戒。然而谢安在东山携妓同游，白居易对姬妾宠爱备至，前者被称作"江左风流"，后者被冠以"广大教化"。偶尔抒发自己的情致，又何妨成为君子呢？唐代有一位隐士李戡，十分厌恶元稹、白居易的诗歌，认为其工巧艳丽，惑乱人心，淫词浪语，入人肌体骨骼。法秀也抨击黄庭坚写绮丽香艳之诗，说他会堕入地狱。我编写这部《板桥杂记》，恐怕也会被李戡诟病、被法秀指责吧？然而管仲任齐桓公宰相时，设置七百所妓院，将妓女们所得金钱充盈国库。其始作俑者就是管仲吧？孟子之所以鄙视管仲、晏婴，是有原因的啊！是有原因的啊！

我甲申之乱前所写诗文全都焚弃了，里面赠和名妓的篇目话语有很多，如今也都像往事旧梦，不再能记起了。只是记录往事，让我心情畅快，也与周密当年写《武林旧事》的用意相同。读者诸君究竟是知我心意还是批评指责，我哪能知道呢。

附　录[1]

1. 宋惠湘

宋惠湘，秦淮女也。兵燹流落[2]，被掳入军。至河南卫辉府城，题绝句四首于壁间，云：

风动江空羯鼓催[3]，降旗飘飚凤城开[4]。
将军战死君王系，薄命红颜马上来。

广陌黄尘暗鬓鸦[5]，北风吹面落铅华[6]。
可怜夜月《箜篌引》[7]，几度穹庐伴暮笳[8]。

春花如绣柳如烟，良夜知心画阁眠。
今日相思浑似梦，算来可恨是苍天。

盈盈十五破瓜初[9]，已作明妃别故庐。
谁散千金同孟德[10]，镶黄旗下赎文姝[11]？

后跋云："被难而来[12]，野居露宿。即欲效章嘉故事[13]，稍留翰墨，以告君子，不可得也。偶居邸舍[14]，索笔漫题，以冀万一之遇，命薄如此，想亦不可得矣。秦淮难女宋惠湘和血题于古汲县前潞王城之东[15]。"潞王城，潞藩府第也[16]。

【注释】

〔1〕以下为《说铃》本附录。

〔2〕兵燹(xiǎn)：战乱。

〔3〕羯鼓：一种打击乐器，这里指战鼓。

〔4〕飘飐：飘扬。　凤城：京都，京城。

〔5〕广陌：大道，大路。　鬒鸦：乌黑的鬒发。

〔6〕铅华：女子化妆用的铅粉。

〔7〕箜篌引：乐府《相和六引》之一，又名《公无渡河》。

〔8〕穹庐：游牧民族所住的毡帐。　筎：一种乐器。

〔9〕盈盈：仪态美好。

〔10〕孟德：曹操(155—220年)，字孟德，沛国谯(今安徽亳州)人。

〔11〕镶黄旗：清军八旗之一，这里泛指清军。　文姝：才女。清孙枝蔚《难妇词》："已分将身葬野乌，曹公高义赎文姝。"这里用了曹操义赎蔡琰的典故。蔡琰，字文姬，为蔡邕之女。东汉末年战乱，蔡琰为匈奴所掳，后曹操以重金赎回。

〔12〕被难：遭难，落难。

〔13〕章嘉故事：或指会稽女子新嘉驿题壁诗之事。新嘉驿在今山东兖州，明万历年间，有位会稽的女子在新嘉驿的墙壁上题了三首诗，并自叙其不幸身世。此事被发现后，引起当时文人的关注。《题新嘉驿壁》："余生长会稽，幼攻书史；年方及笄，适于燕客。嗟林下之风致，事负腹之将军。加以河东狮子，日吼数声，今早薄言往诉，逢彼之怒，鞭箠乱下，辱等奴婢。余气溢填胸，几不能起。嗟乎！余笼中人耳，死何足惜！但恐委身草莽，湮没无闻：是以忍死须臾，候同类睡熟，窃至后庭，以泪和墨，题三诗于壁上，并叙出处，庶知音读之，悲予生之不辰，则予死且不朽。　银红衫子半蒙尘，一盏孤灯伴此身。恰似梨花经雨后，可怜零落四时春。　终日如同虎豹游，含情默坐恨悠悠。老天生妾非无意，留与后人作话头。　万种忧愁诉与谁，对人强笑背人悲。此时莫把寻常看，一句诗成千泪垂。"

〔14〕邸舍：客栈、客舍。

〔15〕汲县：在今河南卫辉。

〔16〕潞藩府第：明藩王潞王的府第。　宋惠湘生平不详，或云其为南明宫女，或云其为秦淮歌妓，还有说她精于烹调的，均不知何据。其事迹在当时引起很大反响，不少文士写诗唱和，这里摘录一首张煌言的《和秦淮难女宋惠湘旅壁韵》："猎火横江铁骑催，六朝锁钥一时开。玉颜空作琵琶怨，谁教明妃出塞来？"需要说明的是，也有人认为这四首

诗出自杭州女子吴芳华之手，因记载不一，材料有限，至今尚无定论。

【译文】

宋惠湘是秦淮歌妓。遭遇战乱，流落在外，被掳进军营。到了河南卫辉的府城，在墙上书写了四首绝句，诗中写道："风动江空羯鼓催，降旗飘飐凤城开。将军战死君王系，薄命红颜马上来。""广陌黄尘暗鬓鸦，北风吹面落铅华。可怜夜月《箜篌引》，几度穹庐伴暮笳。""春花如绣柳如烟，良夜知心画阁眠。今日相思浑似梦，算来可恨是苍天。""盈盈十五破瓜初，已作明妃别故庐。谁散千金同孟德，镶黄旗下赎文姝？"

后面还有跋语："我自遭难以来，在乡野露宿。想效仿会稽女子在新嘉驿墙壁题诗的故事，留下一些自己的笔墨，向君子表明心志，但也没法做到。今天偶然住到客舍中，拿笔写下这些文字，期待渺茫的机会，薄命如此，想来也可能无法实现。秦淮受难歌女宋惠湘和着自己的鲜血书于古汲县前潞王城之东。"潞王城就是明代藩王潞王的府第。

2. 燕 顺

　　燕顺，淮安妓女也。年十六，知义理[1]，每厌薄青楼，以为不可一日居。甲申三月，凤阳督师马士英标下兵鼓噪而散[2]，突至淮城西门外，马步五六百人，掳掠甚惨。妓女悉被擒，顺独坚执不从，兵以布缚之马上，顺举身自奋[3]，哭詈不止[4]，兵竟刃之[5]。

【注释】
　　[1] 义理：道理。
　　[2] 督师：总督。　鼓噪：喧哗，喧闹。
　　[3] 自奋：挣扎摇动。
　　[4] 哭詈(lì)：哭骂。
　　[5] 有关燕顺的事迹，当时记载颇多，这里选录一则："燕顺，淮安妓家女也，年十六时，颇知书翰义礼，往往厌薄青楼，以为不可一日与居处，崇祯甲申之变三月，督师马士英标下兵丁鼓操而散，突至淮城，掳掠甚惨，妇女悉被奸淫，顺独坚执不从，威之以刃，亦不惧，遂以布缚顺于马上以行，顺举身自奋者再四，率得脱，骂不绝口，欲投水死，竟被杀。"（卢秉钧《红杏山房闻见随笔》）

【译文】
　　燕顺是淮安的妓女。年方十六岁，知晓伦理道德，她厌倦青楼生活，觉得一天都不能在那里生活。崇祯十七年三月，凤阳总督马士英麾下士兵哄闹着四散而去，他们冲到淮安城西门外，马军步兵计五六百人，抢掠非常残酷。妓女们都被抓住，只有燕顺坚持不肯顺从，士兵用布将她绑在马上，燕顺用力挣扎，不停的哭骂，匪兵最终将她杀害。

3. 赵雪华诗

又，山东郯城县之李家庄[1]，旗亭壁间题三绝句，云：

> 不扫双蛾问碧纱[2]，谁从马上拨琵琶？
> 驿亭空有归家梦，惊破啼声是夜笳。

> 日日牛车道路赊[3]，遍身尘土向天涯。
> 不因薄命生多恨，青冢啼鹃怨汉家。

> 惊传县吏点名频，一一分明汉语真[4]。
> 世上无如男子好，看他髡发也骄人[5]。

末书云：“吴中羁妇赵雪华题。”
凡此数者，皆群芳之萎道旁者也。

【注释】
〔1〕郯(tán)城：今山东郯城。
〔2〕双蛾：女子的双眉。
〔3〕赊：长，远。

〔4〕汉语：汉人的语言。

〔5〕髡(kūn)发：剃发。

【译文】

    还有，山东郯城李家庄，其旗亭墙壁上题有三首绝句，上面写道："不扫双蛾问碧纱，谁从马上拨琵琶？驿亭空有归家梦，惊破啼声是夜筇。""日日牛车道路赊，遍身尘土向天涯。不因薄命生多恨，青冢啼鹃怨汉家。""惊传县吏点名频，一一分明汉语真。世上无如男子好，看他髡发也骄人。"末尾写着："吴中羁留在此的妇人赵雪华题写。"

    上面这几位女子如同枯萎在道路旁的花朵。

中国古代名著全本译注丛书